Mario Soldati
Die amerikanische Braut

Dreikirchen
Juni 2000

Mario Soldati

Die amerikanische Braut

Roman

Aus dem Italienischen
von Heinz Riedt

Verlag Klaus Wagenbach Berlin

Die Originalausgabe erschien 1978 bei Arnoldo Mondadori Editore,
Milano, unter dem Titel *La sposa americana*

Wagenbachs Taschenbuch 349

Umschlaggestaltung Groothuis & Consorten, Hamburg,
unter Verwendung eines Photos von Chris Sanders,
Tony Stone Bilderwelten
Autorenphoto von Giovanni Giovanetti, Effigie
Die Karnickel auf Seite 1 zeichnete Horst Rudolph
Gesetzt aus der Borgis Bell von der Offizin Götz Gorissen, Berlin
Druck und Bindung durch die Druckerei Wagner, Nördlingen
Gedruckt auf chlor- und säurefreiem Papier

ISBN 3 8031 2349 6

1

Ich weiß nicht, warum ich mich in diesem Augenblick umgedreht habe.

Gleich vor mir hatte ich die dicken Goldstickereien auf dem weißdamastenen Meßgewand des alten Priesters, dessen hageres, gerötetes Gesicht, das unruhige Blitzen der kleinen, schwarzen Pupillen sowie die Schwarze Madonna in ihrer goldenen Nische in der Altarmitte zwischen den rötlich zuckenden Flammen der hohen Kerzen. Die alte Madonna aus schwarzem Holz kommt aus dem Orient, ein Werk des heiligen Lukas, wie es heißt. Mich hatte man in einem Jesuiteninternat erzogen; so kannte ich alles, was sich vor mir vollzog, bis ins einzelne: doch erst jetzt kam mir der Gedanke, daß diese Paramente, dieser Schmuck, dieser Ritus uralt sind und aus dem Orient stammen und vielleicht immer noch eine magische und beängstigende Macht ausgeübt haben, besonders auf einen, der über sein Schicksal im ungewissen war und diese Dinge betrachtete, wie ich sie betrachtete. Sollte ich mir die Hand vor die Augen halten? Beten oder so tun, als würde ich beten, wie ich das schon oft bei einem Bräutigam während der Zeremonie gesehen hatte? Aber schon formulierte der alte Priester die heiligen, entscheidenden Worte. Gleich danach würde der Augenblick des Ja kommen.

Und da habe ich mich umgedreht.

Es waren nur ganz wenige Geladene zugegen: nicht mehr als sieben, einschließlich der Zeugen und meiner Mutter. So bemerkte ich beim Umdrehen gleich die Hinzugekommenen: Vaclav und sie, die jetzt noch rechtzeitig eingetroffen waren, als wir das Warten schon aufgegeben hatten, und womöglich wäre es für mich besser gewesen... Unsinn, das bildete ich mir nachträglich ein! Vaclav kannte ich bereits. Doch Anna sah ich in dem Augenblick zum ersten Mal. Nun, ich kann nur so viel sagen: wäre sie einen Augenblick später gekommen, hätte ich vielleicht ein echtes und überlegtes Ja gesprochen. So aber waren meine Gedanken bei ihr, die ich jetzt endlich zu Gesicht bekommen hatte.

An der Seite des großen, strohblonden, bleichen, knochigen Vaclav war Anna nur um ein geringes kleiner. Hochgewachsen und von schönen Formen. Ein Nerzbolero, ein großer brauner Hut, ein beiger Schleier: ihre Hand in beigem Handschuh hob ihn gerade in dem Augenblick, da ich mich umdrehte, als wollte sie mich besser sehen. Ich sah in jenem Moment alles von ihr: das volle Gesicht mit dem etwas dunklen Teint; die vollen Lippen; den intensiven, auf mich gerichteten Blick; den ernsten, unbeweglichen Ausdruck. *Here I am*, schien sie mir zu sagen. Hier, das bin ich, deine große Schwägerin.

Edith hingegen hatte das gleiche strohblonde Haar wie ihr Bruder und die gleichen hageren, fast weißen Wangen. Eben wegen dieses Weiß, wegen dieses Blond war sie mir im Dampf der Speisen bei Cole's in Storrs aufgefallen, als ich vor zweieinhalb Jahren gerade in Amerika angekommen war. Nun kniete sie an meiner Seite. Ich sah sie an, als sie jetzt ihrerseits das Ja sprach. Und der jungmädchenhafte, ganz auf den Geistlichen gerichtete dunkelblaue Blick, ihr ausgeprägtes und feines Profil, die blutleeren, halbgeöffneten Lippen verdrängten sofort das Bild Annas, ihrer großen Freundin, die ich vorher noch niemals gesehen hatte. Ediths halbgeöffnete Lippen bebten ein wenig, vielleicht nur, weil sie sich vor einer lächerlich wirkenden Aussprache fürchtete: in der Tat sagte sie ein Sì, ein Ja, das so langgezogen war wie *see* oder *sea*, »sehen« oder »Meer«.

Als ich ihr den Ring überstreifte, spürte ich ihre warme, trockene, kräftige Arbeiterinnenhand. Die Hände waren nach dem Gesicht mit das erste gewesen, was ich an ihr bewundert hatte. Wie all die andere weibliche Bedienung, die hinter dem Tresen stand, trug auch sie einen weißen Kittel, die Ärmel bis über die Ellenbogen hochgekrempelt, und ein gestärktes Häubchen, doch im Gegensatz zu den anderen nicht die vorgeschriebenen weißen Garnhandschuhe. Ihre bloßen Hände packten die Kellen wie Waffen; und die Heftigkeit, mit der sie das Essen ausschöpfte, war entschieden kämpferisch. Wochenlang hatte ich sie während des Lunchs bei Cole's so gesehen. Ein ums andere Mal hatte ich sie aufmerksam beobachtet. Vielleicht weckte sie mehr meine Neugierde, interessierte mich mehr, als daß sie mir gefiel. Sie tat ihre Arbeit mit gesenkten Augen, machte den Eindruck auf mich, als wäre sie stets unzufrieden und vielleicht auch wütend. Sie sah mich selbst dann nicht an, wenn es selbstverständlich gewesen wäre: nicht einmal, wenn ich ihr sagte, was ich von der Tageskarte haben wollte, *meat-balls with spaghetti, pork and beans, pastrami.* Also, es gelang mir nie, ihrem Blick zu begegnen!

Nach meiner Promotion über amerikanische Literatur hatte ich in Mailand schon aushilfsweise am Parini unterrichtet; aber mein Englisch ließ noch zu wünschen übrig. Bei dem Krach in der überfüllten Cafeteria mußte ich den anderen Serviermädchen manchmal die Bestellung wiederholen. Ihr nicht. Sie verstand mich immer gleich. Und da es mir von ihrem Aussehen her unmöglich schien, daß sie italienischer Abstammung und ein wenig an unseren Akzent gewöhnt sein könnte, kam ich zu dem Schluß, daß sie sehr aufgeweckt, sehr intelligent sein müßte. Bis ich sie eines Tages ganz offen lachen sah und ihre Stimme hörte. Sie scherzte mit einem blutjungen Studenten, der mit seinem Tablett vor mir am Tresen stand. Demnach war sie auch sympathisch! Ich nutzte diesen ihren fröhlichen Augenblick, um ihr irgend etwas zu sagen, als die Reihe an mir war. Ich weiß nicht mehr, was ich ihr sagte; doch ich weiß noch genau, daß sie mir antwortete und auch bei mir ihr offenes Lachen behielt und daß mich dies im ersten Moment enttäuschte, weil ich es für ein Zeichen von Gleichgültigkeit hielt. Da sie mich endlich bemerkt hatte, wäre es mir lieber gewesen, sie hätte ein anderes Gesicht gemacht: selbst auf die Gefahr hin, sie hätte wieder ihren mürrischen Ausdruck angenommen, wäre es mir lieber gewesen. So versuchte ich es ein wenig trotzig, vielleicht sogar spöttisch: *»You look happy, today!«* Sie sehen heute glücklich aus!

Verärgert, kratzbürstig sagte sie: »Nein!«, warf mir einen verdrossenen Blick zu und bediente meinen Nebenmann. Ich hatte mein Ziel erreicht: sie wieder bei schlechter Laune zu sehen. Doch befriedigt war ich nicht: allenfalls verletzt. Hatte ich denn das gewollt?

Vergebens suchte ich in den folgenden Monaten nach irgendeiner Gelegenheit, wieder ein paar Worte mit ihr zu wechseln. Bisweilen kam ich in voller Absicht etwas vor oder etwas nach der Lunchzeit, weil ich dachte, daß mir der geringere Andrang von Nutzen sein könnte. Und manchmal, wenn ich sie beim Lunch nicht hinter dem Tresen sah und begriff, daß man sie einer anderen Schicht zugeteilt hatte, ging ich auch abends hin: immer vergeblich. Sie hatte eine Menge Arbeit und war mürrisch: und hatte sie weniger Arbeit, war sie noch mürrischer, so daß ich gar nicht erst dazu kam, ein Gespräch mit ihr zu beginnen.

Ich vermutete schon fast, daß sie mir absichtlich auswich: doch nicht aus Abneigung, sondern aus einer sonderbaren Ungeduld heraus, als sagte sie sich, sobald sie mich sah: da ist er schon wieder, was zum Teufel will er denn von mir?

Natürlich steigerte das meine Neugierde. Sie war anders als alle anderen. Ich bemerkte an ihr etwas Verärgertes und Rührendes, das mich auf rätselhafte Weise beeindruckte. Ihre Stirn, von dem feinen Haar, das aus dem Häubchen hervorkam, wie von einem Mondschimmer umrahmt, war groß und rein und zart gewölbt. Eines Tages sah ich mit Erstaunen, daß ihr Haar genau oben am Ansatz etwa einen Zentimeter breit abrasiert war und die wenigen, vor dem Häubchen verbliebenen kurzen Strähnen ungeordnet und gesträubt in alle Richtungen flohen. Eine Verstümmelung, die lächerlich wirkte. Ich fragte sie, was ihr denn passiert wäre.

»Just a fucking mistake of the hairdresser«, erwiderte sie wütend: ein Scheißirrtum des Friseurs. Und ihre graublauen Augen füllten sich mit Tränen.

Auf diese ungewollt von mir provozierten und unerwarteten Tränen reagierte ich, indem ich fast zurückfuhr, als hätte ich mich verbrannt: ich hätte sie nicht sehen wollen! Zugleich aber wurde ich von einer eigenartigen Rührung, Betroffenheit, Zärtlichkeit ergriffen, beinahe als wäre ich und nicht der Haarschneider für diese Schändung verantwortlich. Also war sie ein dummes kleines Mädchen, die jemanden nötig hatte, der sich um sie kümmerte! Oder hatte vielleicht ich es nötig, sie beschützen zu können? Mit siebenundzwanzig geschah es mir zum erstenmal in meinem Leben, daß ich jemandem gegenüber ein Gefühl empfand wie für eine Tochter oder eine jüngere Schwester. Dummerweise murmelte ich, sie hätte besser aufpassen sollen, was man mit ihr anstellte.

»Mind your own fucking business«, sagte sie.

Im vulgären Ton des Slangs, den sie gebrauchte, glich das einer Redensart, die auch bei uns gang und gäbe ist: kümmern Sie sich um Ihren eigenen Scheißdreck! Und sie verbarg sich in den Dampfschwaden hinter der Scheibe mit den Suppen.

Der alte Geistliche war noch nicht zu Ende mit seiner kleinen Hochzeitsansprache: »... und das brauche ich euch eigentlich nicht auch noch zu sagen. Heute seid ihr jung, geliebte Kinder, aber ihr wißt ja, daß es im Lebensablauf Höhen und Tiefen gibt: Tage des Glücks, aber auch solche der Kümmernisse und Widrigkeiten. Denkt dann an den heutigen Tag, an dieses Fest und diese Freude. Mit heiliger Begeisterung, und du, geliebte Edith, hast deswegen sogar die Weite des Ozeans überflogen, wolltet ihr heute bis hierher kommen, um euch gerade hier, an einem der ältesten Gnadenorte der ganzen Christenheit, im heiligen Sakrament unseres Herrn zu vereinen. So bin ich sicher, daß ihr euch in den schwierigen Augenblicken, die euch keiner wünscht, die aber leider doch kommen, daran erinnern werdet, daß es zwischen Mann und Frau immer ein gegenseitiges Verstehen gibt. Ihr werdet euch daran erinnern, daß das gegenseitige Verstehen stets alles zum Guten wendet. Und notfalls werdet ihr die Schwarze Madonna von Oropa um Hilfe bitten, die sie euch nicht verweigern wird, denn sie blickt nun auf euch herab und segnet euch. Ihr Bildnis des Erbarmens und des Verzeihens wird in euerm Herzen stets lebendig bleiben.« Ich blickte auf Ediths Profil, betrachtete ihre anmutig gewölbte hohe Stirn, über der die Haare längst nachgewachsen waren und wie eine unantastbare Aureole aus feinstem Gold im Widerschein der Lichter glänzten. Ich war froh, daß die kleine Ansprache zu Ende ging, denn sie verstand noch kaum Italienisch und langweilte sich gewiß. Das gegenseitige Verstehen? Mehr als zwei Jahre waren vergangen, seit wir uns bei Cole's getroffen hatten, ohne uns zu kennen. Konnten wir denn sagen, daß wir uns jetzt kannten? Konnte ich jetzt sagen, daß ich alles von ihr wußte? Ich wußte vielleicht alle Dinge, Geschehnisse, Belanglosigkeiten in ihrem einfachen, bescheidenen, mühsamen Leben, bis es ihr in einem hoffnungsvollen Anlauf gelungen war, sich das Geld zu einem Abendkurs für Buchhaltung zusammenzusparen. Aber sie, sie, ihre ureigenste Art zu denken, blieb mir immer noch geradeso rätselhaft wie bei Cole's, als sie in ihrem weißen Kittel und mit der Kelle in der Hand hinter dem Tresen gestanden hatte. Wie oft, während der ganzen Zeit, die wir zusammen gelebt und in der wir uns doch tagtäglich gesehen hatten, waren mir ihre Worte völlig überraschend gekommen! Ich selbst kannte ja im Grunde auch nicht die wahre Beschaffenheit meiner Gefühle für sie: ich wußte noch nicht, warum ich schließlich das Bedürfnis gehabt hatte, sie zu heiraten, als sei es eine Pflicht oder ein unabwendbares Schicksal!

Während der Zeremonie, solange die Messe dauerte, drehte ich mich nicht mehr nach meiner Schwägerin Anna um. Und daß ich es nicht tat, geschah weniger um der Konvention willen als aus Angst: Angst, sie noch einmal so zu sehen, wie ich sie gesehen hatte. Mir wäre es am liebsten gewesen, ich hätte sie nach der Zeremonie gar nicht mehr vorgefunden: sie wäre dann verschwunden gewesen. Oder zumindest, sie würde mir nicht mehr so attraktiv erscheinen, wie sie mir erschienen war, als ich mich umdrehte. Ich wünschte aus ganzem Herzen, mich getäuscht zu haben.

Nach der Messe mußten wir gleich in die Sakristei, um unsere Unterschrift in das Matrikelbuch der Pfarrei zu setzen. Meine Mutter hatte Edith vom ersten Augenblick an ins Herz geschlossen. Doch die notwendige Bescheidenheit und beinahe Heimlichkeit meiner Hochzeit war ihr gar nicht recht gewesen. Sie hatte immer von San Fedele oder Sant'Ambrogio geträumt, die Braut mit Schleppe, Ehrenjungfern, Orangenblüten, Orgelspiel, einen Tenor von der Scala, das ganze gutbürgerliche Mailand, eine Menge Namen aus dem »Grünen Büchlein«. Alles Dinge, die ich auf gar keinen Fall gewollt hätte und die schließlich auch sie selbst in Anbetracht meiner Wahl nicht verlangen konnte: unsere wirtschaftliche Lage erlaubte das nicht, und die Braut, obwohl Amerikanerin, war noch ärmer als wir. So hatte uns meine Mutter gebeten, weit weg von Mailand zu heiraten, und als Ersatz an den Gnadenort Oropa gedacht: sie war zwar Lombardin, aber schließlich auch die Witwe eines Piemontesen.

Sowie unsere kleine Gesellschaft in der Sakristei versammelt war, wurde die Atmosphäre der italienischen kirchlichen Trauungen, diese altherkömmlich etwas beunruhigende, hämische, stets ein wenig triste und in dieser Bergeinsiedelei sogar schwermütige Atmosphäre zumindest für mich schlagartig erhellt durch einen raschen und verstohlenen Ausbruch bewegter Wiedersehensfreude bei Edith und Anna: Umarmungen und Küsse, Lachen und Tränen, liebevolle Beschimpfungen, ein kleiner Niagarafall unübersetzbaren Willimantic-Slangs, der auch mir unverständlich war. Aber das dauerte nur wenige Augenblicke, und so war ich vielleicht der einzige, der ihn bemerkte. Das Schönste, das, was mich am meisten beeindruckte, war aber die ungewöhnliche Selbstbeherrschung, die Rücksichtnahme, der gedämpfte, flüsternde Ton, mit dem es die beiden Freundinnen trotz ihres doch so jugendlichen Alters fertigbrachten, ihre Freudenäußerungen zu mäßigen. In diesem Bemühen um die Wahrung der Form lagen Schüchternheit und Stolz zugleich. Sie fühlten sich als Fremde unter uns, und mit jener Sensibilität für die sozialen Werte, die bei den amerikanischen Mädchen so stark ausgeprägt ist, fühlten sie sich einer minderen Klasse zugehörig. Unter gar keinen Umständen hätten sie sich blamiert! Die übrigen Anwesenden, die sie nicht so aufmerksam wie ich betrachteten, hielten sie für Töchter wenn nicht gerade von Kapitalisten, so doch von Akademikern oder Beamten: wo doch Edith seit ihrem sechzehnten Lebensjahr stets in Cafeterias und Snacks gearbeitet hatte und Anna immer nur Showgirl, eine Mitwirkende im Ballettensemble von Musicals gewesen und auf diese Weise durch den ganzen amerikanischen Kontinent gekommen war.

In der Sakristei umarmte ich Vaclav, den Bruder meiner Braut, den ich nur einmal vor zwei Jahren gesehen hatte, dann stand ich seiner Frau gegenüber: endlich hatte ich Anna vor mir. Ich umarmte auch sie.

Ich spürte ihren großen, weichen, ruhigen Körper an mir, der so anders war als Ediths eckiger, nervöser: so anders und vor allem ganz objektiv so begehrenswert, als wäre er einzig für den Liebesakt geschaffen... Wenn ich heute, da die Erinnerung an meine Jugend noch gar nicht so weit zurückgeht, den Versuch mache, es mir recht zu überlegen, glaube ich zu verstehen, daß mir Anna im ersten Augenblick nicht auf die gleiche Weise wie Edith gefiel und dieses »objektiv begehrenswert« nur eine Hypothese war, die mich vor einer verwirrenden Realität schützen, nur eine Beschönigung, die mir die Augen davor verschließen sollte, daß ich an Anna Gefallen fand, weil ich ahnte, daß sie sicher auch vielen anderen Männern gefiel. Als ich sie umarmte, roch ich ihr französisches Parfum, Guerlain oder Rochas. Ediths Parfum hingegen war immer Ivory Soap gewesen, eine Seife von Procter & Gamble. Der Gegensatz zwischen den beiden Freundinnen erstaunte mich keineswegs: war es doch so, als würde ich Anna längst kennen, wie oft hatte mir Edith von ihr erzählt! Ja, Edith hatte mir sogar dies gebeichtet: zu Beginn, als sie mich bei Cole's gesehen hatte, war ihr nicht klar gewesen, ob sie mich unsympathisch oder sympathisch finden sollte, aber das alles war an jenem Freitagabend anders geworden, als wir uns zufällig in Manhattan begegneten und ich zu ihrem größten Erstaunen sagte, daß ich Italiener bin. Sie hielt es kaum für möglich. Sie hatte mich für einen Spanier oder Franzosen gehalten. Aber ich – ein Italiener? Ein Italiener wie Annas Eltern? Dann war ich ja o.k.! Anna heißt mit Nachnamen Russo, das ist ein sizilianischer Familienname. Ich trage den piemontesischen Namen Talucchi. Gleichermaßen entfernt vom einen wie vom anderen ist Sládek, ein böhmischer Name: Vaclav und Edith Sládek. Aber eine göttliche Gewalt verfügt über unsere Existenzen, verknüpft sie, gestaltet sie, und meine Geschichte wäre ganz anders, hätte sie nicht der Zufall mit der Genauigkeit von Sekundenbruchteilen so geregelt und gewollt, wie sie ist.

2

An jenem Freitagabend, am 1. Juni 1961, hatte ich beschlossen, das Ende des Frühjahrstrimesters allein zu begehen. Seit Oktober lehrte ich an der Connecticut-Universität Storrs. Meine Erfahrung nach dem Herbsttrimester hieß mich noch eine Einladung bei einem Kollegen, Lektor wie ich oder Professor, nicht mehr annehmen. Sehr nette Leute, herzlich und gastfreundlich. Aber vielleicht, weil es mir widerstrebte, beim Alkoholkonsum mitzuhalten, was sie aus gegebenem Anlaß für obligatorisch hielten, war mir nun klar, daß ich die zuweilen wunderschöne Melancholie der Einsamkeit einem tristen Partyende bei ihnen vorzog.

Ich beschloß, nach New York, nach Manhattan zu fahren: erst Kino, dann Abendessen allein in irgendeinem Snack. Die kleine Wohnung, die ich in Willimantic hatte mieten können, war ohne Auto zu weit weg von Storrs. So hatte ich einen gebrauchten Volkswagen gekauft, der mir ausgezeichnete Dienste leistete.

Kaum mehr als drei Stunden Fahrt: ich ließ den Wagen auf einem Parkplatz am Columbus Circle. Ich ging den Broadway hinunter und fühlte mich glücklich, so allein und fern von Italien, inmitten der feiertäglichen Fröhlichkeit einer großen Menschenmenge: der Samstag im Dorf war für mich der Freitag in der Metropole geworden. Schließlich ging ich ins Kino. Ich weiß nicht mehr, welchen Film ich gesehen habe. Gegen neun Uhr kam ich heraus. Ging in Richtung Central Park, bog dann in eine halbdunkle, wenig begangene Nebenstraße ein: ich bewegte mich auf die Seventh Avenue zu und wurde mir bewußt, daß ich mich auf diese Weise vom Columbus Circle entfernte, wo ich ja den Wagen gelassen hatte. Also ging ich langsamer und war schon fast zur Umkehr entschlossen, um gleich wieder nach Willimantic zurückzufahren, nach Storrs, zu Cole's, der bis spät offen hatte. Ich war schon ein paar Tage nicht mehr dort gewesen: die Prüfungen hatten mich zur Mehrarbeit gezwungen, und so war ich zum Essen in der Cafeteria im Untergeschoß des College gewesen. Natürlich barg sich im Schatten meines halben Entschlusses Ediths blondes Leuchten in der Ferne. Ein Hoffnungsschimmer, den ich mir selber kaum eingestand. Ich schämte mich jetzt, an Edith wie an ein Abenteuer zu denken, dem kein Erfolg beschieden war, wie an ein lächerlich-ehrgeiziges Unterfangen. Folglich versuchte ich, mich von dieser fixen Idee zu befreien: mich wenigstens an diesem Wochenende davon zu befreien, gleich am Freitagabend, und dies um so mehr, als ich die Schichtfolge vergessen hatte und gar nicht sicher war, sie bei Cole's zu finden.

Während ich in dieser komischen Unschlüssigkeit verharrte, wurden meine Schritte immer langsamer, doch ich ging stets in Richtung Seventh Avenue, also auf die Freiheit zu, gegen den Instinkt des schwachen Menschen, der in mir war. Und sowie ich an der Ampel der Seventh Avenue stand, wurde der starke Mensch unverhofft belohnt: beim Anblick dieser leuchtend bunten Phantasmagorie vor mir, dieser Aufreihung von Restaurants, Snacks, Cafeterias, Grills – ich hatte nur noch die Qual der Wahl –, begriff ich, daß ich einen ganz schönen Appetit hatte.

Rotes Licht: ich stellte mich hinter die wartende Gruppe. Grünes Licht: ich ging in aller Ruhe mit den andern über die Straße. Ein Matrose in seiner weißen Leinenkluft und ein Mädchen rannten lachend an mir vorbei und stießen mich dabei an.

Das Mädchen war Edith!

Drüben blieben sie auf dem Bürgersteig stehen, lachten und diskutierten weiter und sahen zu einer großen Bierstube hin, die eine ganze Straßenecke ausfüllte. Noch bevor ich zu ihnen kommen konnte, hatten sie sich schon entschlossen, in die

Bierstube zu gehen. Ich folgte ihnen: eine Verkehrsampel hatte über mein Leben entschieden.

Wir traten aus der Sakristei hinaus auf den großen, langgestreckten Vorplatz: ein Rechteck, ganz Steigung, ganz umgrenzt von einer wuchtigen Kolonnade, darüber noch eine Galerie kleiner, fortlaufender Säulenbögen, die fast erdrückt wurden von dem überhängenden Dach mit steinernen Schindeln. Eine eigenartige, bewegende Vision vorangegangener Jahrhunderte: Scharen von Pilgern zogen hier zu Fuß herauf zur Schwarzen Madonna, übernachteten in primitiven Kammern, die auf diese Galerie hinausgehen, einstige Klausnerzellen. Über dem Dach, über drei Seiten des großen Rechtecks, die talwärts gelegene ausgenommen, standen die Berge.

Das Dunkelgrün der Wälder und das Hellgrün der Wiesen waren zwei schmale, unregelmäßige Bänder, beherrscht von rauhen, dunkelgrauen Felswänden – mit Schluchten, in denen noch die weißen Zungen der letzten Schneefelder zu sehen waren – und der unregelmäßigen Silhouette der schwarz gegen den klarblauen Himmel stehenden Bergkämme.

Das Wetter war noch wechselhaft gewesen, als wir zur Zeremonie die Kirche betreten hatten. Inzwischen brannte gleißender Sonnenschein, doch über unsere Gesichter fuhren kalte Windstöße: der Mai in den Bergen ist wie März.

»Gorgeous!« rief Edith, nahm mich an der Hand und lief mit mir zur Treppe der Wallfahrtskirche, wo einer der Trauzeugen, ein alter Freund, seine Rolleiflex aufs Stativ schraubte. Edith trug natürlich kein Brautkleid: ich hatte sie nicht davon abbringen können, ein einfaches graues Mäntelchen anzuziehen, das mir wohlbekannt war. Doch die verfrorene Anna trug ihren prächtigen Nerzbolero.

Wir gruppierten uns zur Aufnahme. In der Mitte Edith und ich. Rechts neben Edith meine Mutter und der alte Geistliche. Zu meiner Linken Anna und Vaclav, die vor einem Monat erst geheiratet hatten. Bis der Fotograf soweit war, redeten und lachten wir alle. Vaclav hielt Anna umfaßt, verhielt sich aber keinen Augenblick ruhig und hörte auch nicht zu reden auf. Er hob seinen langen Arm über Annas Schultern und versetzte mir unerwartet einen freudigen Stoß: »*You know, Edward?* Wir haben uns erst ein einziges Mal gesehen, aber ich habe dich nicht vergessen! Genau zwei Jahre ist das jetzt her!«

Nachdem Edith und der Matrose bei Grün die Seventh Avenue überquert hatten, waren sie in die Bierstube gegangen; ich war ihnen gefolgt.

Boxen aus hellem Holz nach bayerischer Art, wie so viele andere Bierstuben in New York. Und vollbesetzt. Ich hatte ein freies Eckchen gefunden: in ziemlicher Entfernung von den beiden, aber ich konnte sie sehen. Edith rauchte, saß mit dem Gesicht zu mir, der Matrose hatte mir den Rücken zugewandt. Edith bemerkte mich fast augenblicklich. Und, was ich nie erwartet hätte, sie begrüßte mich mit einem offenen und spontanen Lächeln. Also freute sie sich über das Wiedersehen! Sie, die doch stets so mürrisch war, wenn ich sie bei Cole's traf. Aber vielleicht, sagte ich mir, war sie gerade deshalb so froh, weil sie ihren *boy-friend* bei sich hatte.

Ich bestellte beim Kellner ein Bier und einen Hamburger: doch Edith hob ihre Hand mit der Zigarette und machte mir ein Zeichen, ich solle zu ihnen kommen. Sie rückte zur Seite, in der Box war auch noch Platz für mich. Der Matrose war aufgestanden, hatte sich umgedreht und lächelte mir ebenfalls zu. Mein Kellner protestierte, dort war ein anderer zuständig. Ich reichte ihm ein Trinkgeld und ging zu Ediths Box.

Der Matrose war stehengeblieben: er war so lang, daß er fast die niedrige Holzdecke berührte. Blond, spindeldürr und schlaksig in seiner weißen Kluft, strahlende blaue Augen. Zum erstenmal reichte mir Edith ihre Hand: ungeduldig ergriff sie die meine, drückte sie energisch und herzlich, als hätte sie wahrhaftig einen alten Freund wiedergefunden. Ich hatte ihre Hand nie gespürt; sie war, wie ich sie mir vorgestellt hatte und wie ich sie haben mochte: stark, breit, trocken, nervös, ehrlich.

»*This is my brother*«, sagte sie lachend. Ihr Bruder! Das letzte, woran ich gedacht hätte! Tatsächlich war er ihr außerordentlich ähnlich. Sogar die Hand: wie die ihre, aber feucht, was mir so zuwider ist, daß dies allein, wäre es ihre Hand gewesen, schon genügt hätte, ihren ganzen Zauber zu zerstören.

»*Sit down*, Professor Telucci.« Sie forderte mich auf, mich neben sie in die Box zu setzen.

»Sie kennen meinen Namen?«

»Natürlich. Warum soll ich ihn nicht kennen? In Storrs kennen ihn doch alle, Sie sind ja schon so lange dort!«

»Aber ich kenne Ihren Namen nicht.« Ich amüsierte mich bei dem Gedanken, daß für sie zehn Monate *such a long time* waren.

»Wie heißen Sie?«

»Edith. Und mein Bruder heißt Vaclav, ein tschechischer Name: Wenzel. Wir sind hier geboren, aber unsere Eltern sind kurz vor dem Krieg aus der Tschechoslowakei eingewandert. Und Sie sind Europäer, *of course*, Professor Telucci. Aber aus welchem Land?«

Ohne mir die Mühe zu machen, ihre Aussprache meines Familiennamens zu korrigieren, sagte ich, daß ich Italiener bin. Und das war für sie die große Überraschung, und es war auch das erste der unzähligen Male, daß sie mir von Anna sprach, ihrer großen italo-amerikanischen Freundin:

»Sie ist gerade in Mexiko; sie macht eine Musical-Tournee, sie wirkt an einer großartigen Aufführung mit! Sie ist Tänzerin und singt auch! *A beauty*, eine Schönheit! Wenn sie nach Willimantic zurückkommt, stelle ich sie Ihnen vor; Sie werden sich kennenlernen und Freunde werden. Sie wird Ihnen bestimmt gefallen, sie gefällt allen Männern. Sie ist auch Italienerin, aber Sie beide sehen sich überhaupt nicht ähnlich. Sie wird Ihnen trotzdem gefallen!«

Vaclav war auf Urlaub. Tags darauf mußte er wieder an

Bord. Er nannte den Namen seines Kreuzers. Ende 1962 würde man ihn entlassen, das waren noch anderthalb Jahre. Anderthalb Jahre im Pazifik! Heute war sein letzter freier Abend, und er wollte ihn mit seiner Schwester in New York feiern. Allein zu Hause mit den betagten Eltern, die schon Rentner sind? Zu trist. Sie waren im Kino gewesen. Ich sagte, daß auch ich im Kino gewesen sei.

Und gleich redeten wir darauflos und lachten und scherzten über alles, ein verwirrendes Feuerwerk von Fragen und Antworten: Kino, New York, meine Kollegen Professoren in Storrs, mein Leben, das sich zwischen Willimantic und Storrs abspielte, meine Wochenenden in den Bergen beim Skifahren, die amerikanische Küche, die italienische Küche, die tschechoslowakische Küche, das Leben der Matrosen auf den Kreuzern und an Land, die sowjetische Seemacht und die der Vereinigten Staaten; Vaclavs Pläne nach seiner Entlassung in anderthalb Jahren; meine Pläne, wenn ich etwa um die gleiche Zeit wieder nach Mailand zurückkehren würde ... und Edith, was würde sich Edith vornehmen?

»Gar nichts anderes, ich bin zufrieden, wie's ist. Vielleicht ein bißchen weniger Arbeit, vielleicht eine andere Arbeit und ein bißchen mehr verdienen. Das ist alles.« Und sie zündete sich eine Zigarette an.

»Du wirst heiraten«, sagte Vaclav.

»O shit!« erwiderte Edith: Scheiße! »Ich will keine Kinder. Und warum heiraten, wenn man keine Kinder will?«

Ich hatte Edith an meiner Seite und vor mir ihren Bruder. Darum ist mir von jenem ungewöhnlichen Abend mehr er als sie in Erinnerung geblieben. Edith aß kaum etwas und rauchte fast pausenlos. Sie hatte drei Zigarettenpäckchen vor sich auf dem Tisch liegen, jeweils eine andere Marke: und jedesmal, wenn sie sich eine neue ansteckte, wechselte sie die Marke. Vaclav hingegen trank ein Glas Bier nach dem anderen, schlang hastig alles herunter, bis auf die *pretzel*, die er gar nicht erst zum Munde führte, sondern mit seinen langen, eigenartig mageren und zarten Fingern in einem fort zerbröselte und auf dem papierenen, rot und weiß karierten Tischtuch zu vielen kleinen Häufchen ordnete. Er war sehr aufgekratzt und sehr nervös, nicht so sympathisch wie seine Schwester. Vielleicht schon angetrunken: »Edward!« sagte er mir während der Nachspeise, *»may I call you Edward? You may call me Vaclav.«* Das war gerade so, als würde er mir das Du anbieten.

»Natürlich.«

»And how do you say Edward in italian?«

»Edoardo.«

»Well, Edoardo, what about a little whisky now?«

Ich war gegen einen Whisky, also zögerte ich. Doch Edith stimmte begeistert zu, und so wollte ich ihnen den Spaß nicht verderben. Es ging so aus, daß ich einen Whisky trank, Edith zwei oder drei und Vaclav ich weiß nicht mehr wie viele.

Es war schon elf Uhr vorüber, die Abfahrtszeit des letzten Busses rückte immer näher, und den mußten sie bekommen, damit sie nach Willimantic zurückkamen. Ich hatte mir schon ausgedacht, sie mit dem Wagen nach Hause zu bringen, sagte aber vorerst nichts davon: wer weiß, wann Vaclav sonst aufgestanden wäre. Er hatte sich ein neues Bier bestellt und goß seinen Whisky hinein. Er fing zu singen an. Ich nutzte die Gelegenheit, um mich für einen Augenblick zu entfernen, und bezahlte heimlich. Es war die Geste eines europäischen Bürgers, vielleicht würde es ihnen, besonders Edith, nicht ganz recht sein. Aber warum sollte ich mich anders verhalten, als ich nun einmal bin?

Als ich zur Box zurückkam, sah Edith mich bedeutungsvoll an:

»Höchste Zeit«, meinte sie dann zu Vaclav mit einem Blick auf die Uhr. »Wir wollen zahlen.«

Ich murmelte, das sei schon geschehen.

»Edoardo, das sollst du nicht machen«, protestierte sie und sprach meinen italienischen Namen ganz richtig aus, »wir sind hier nicht in Europa.«

»Schon gut, das nächste Mal zahlt ihr dann. Oder wollt ihr nicht, daß es ein nächstes Mal gibt? Wir werden uns doch wiedersehen, hoffe ich! Wenn Vaclav zurückkommt, reise ich vielleicht ab!«

Wir traten hinaus in die New Yorker Nacht: eine frische, reine Luft kam vom Hudson, obwohl es schon Juni war. Vaclav torkelte. Wir nahmen ihn in unsere Mitte, und nach einigen Häuserblöcken ging ich nicht in Richtung Downtown, wo sich der Autobusbahnhof befand, sondern auf den Columbus Circle zu und sagte endlich, daß ich dort meinen Wagen hätte.

»Edoardo! Du bist ein Freund!« rief Vaclav, umarmte mich und küßte mich auf den Mund.

Im Wagen wollte er unbedingt neben mir bleiben. Edith protestierte zuerst und gab erst nach, als sie merkte, daß Vaclav mit seiner Länge gar nicht auf den Rücksitz des Volkswagens paßte. Während der Fahrt wußte er dann aber nicht, wohin mit seinem linken Arm, der ja auch so lang war: er legte ihn über meine Rückenlehne, schwankte, ließ langsam seinen Kopf auf meine Schulter sinken.

»Hindere den Armen doch nicht am Fahren!« sagte Edith, aber da war er vielleicht schon eingeschlafen.

3

Einige Tage lang sah ich Edith nicht. Natürlich war Samstag früh nach jener Begegnung in der Bierstube mein erster Impuls gewesen, zu Cole's zu gehen, um sie wiederzusehen. Aber ich glaube, wie ich später nur zu gut gelernt habe, daß ein jeder in seiner Jugend, ob Mann oder Frau, sich im Innern jeder neuen, ehrlichen Zuneigung zu widersetzen trachtet: als würde er diese auf die Probe stellen, auch auf die Gefahr hin, sie im Keim zu ersticken. Ein Instinkt der Vorsicht, der Selbstverteidigung. Irgend etwas warnt uns auf unbestimmte Weise, daß wir drauf und dran sind, unser ungebundenes und unersetzbares Alleinsein zu verlieren, ein Kleinod, das uns vielleicht das liebste von allen ist. Aber es ist uns nicht bewußt, und wir gestehen es uns nie ein, im Gegenteil: unser Zaudern scheint uns ein offensichtlicher Beweis dafür zu sein, daß der Wunsch, den Menschen zu sehen, der unsere Phantasie einnimmt, doch nicht mehr so stark ist; wir kommen zur Überzeugung, daß das Spiel den Einsatz nicht wert ist, stellen eben deswegen die Argumentation auf den Kopf, ziehen den Schluß, daß es sich um keine seriöse Sache handelt und wir überhaupt nichts riskieren, und so lassen wir uns nach und nach gehen. Später erst, viel später, wenn die Würfel längst gefallen sind und es kein Zurück mehr gibt, erinnern wir uns an jenes erste, weit zurückliegende, längst überwundene Zögern, und erst dann, wenn auch völlig fruchtlos, begreifen wir, daß dies alles ja Alarmsignale gewesen waren.

Mein *research assistant* war ein niedliches und fleißiges, intelligentes und sympathisches Mädchen, das in Italien gewesen war und gut Italienisch konnte. Sie hieß Shirley. Sie war kurzsichtig, vielleicht von Natur aus melancholisch, doch ihre große, schwache, runde goldene Brille gab ihrem anmutigen Gesichtchen und ihrem angedeuteten Lächeln einen beständigen Anflug von Schalkhaftigkeit. Ich hatte ihr ein wenig den Hof gemacht, oder vielleicht hatte auch sie mich umworben: kurzum, wir verstanden uns und waren gern zusammen. Im Winter waren wir an einigen Wochenenden in den Bergen des Upper New York State gewesen und bei solchen Gelegenheiten schließlich auch miteinander ins Bett gegangen: schön für alle beide, wie ich meine, doch eigenartigerweise ohne besondere Leidenschaftlichkeit, ohne Konsequenzen daraus zu ziehen und, vor allem, ohne daß sich auch nur irgend etwas in der Art oder auch in der Bewertung unserer Beziehungen geändert hätte; sie hielten sich stets in jenen Grenzen, die schon durchaus möglich waren, wenn man in den Staaten mit gebildeten Mädchen ins Bett ging: ehrliche Freundschaft, Zusammenarbeit und gegenseitige Achtung.

Kurz und gut, als ich an jenem Samstagmorgen aufwachte, konnte ich mein Verlangen, Edith wiederzusehen, ohne weiteres dadurch verdrängen, daß ich Shirley anrief. Sie hatte einige Freunde, mit denen sie ins Bett ging, und das verbarg sie mir auch nicht; ohne es jemals ausdrücklich zu erwähnen, gab sie es mir doch zu verstehen. Ich sah sie Tag für Tag bei der Arbeit, aber ich war schon eine ganze Weile nicht mehr mit ihr zusammengewesen. Wir waren stets sehr vorsichtig, hatten jedes Gerede in Universitätskreisen vermeiden können und auch unsere winterlichen Eskapaden streng geheim gehalten. Shirley sagte mir, daß sie an diesem Wochenende eigentlich nicht frei sei, sich aber doch loseisen könnte. »Ich brauche nur zu telefonieren.« Kurz darauf rief sie bei mir zurück: »O.k.« Wir gingen ans Meer, nach Pawcatuck. Und es war das umsichtigste, das zärtlichste aller Male mit Shirley.

Zu Cole's ging ich erst Mittwochabend. Vier Tage lang hatte ich es verschoben, fast in der Hoffnung, sie nicht vorzufinden. Ich wettete mit mir selbst: falls Edith keinen Dienst hätte, würde ich bis zum nächsten Mittwoch warten.

Ich ging frühzeitig hin, zu der Zeit, wenn die meisten Leute im Lokal sind, denn ich wollte feststellen, was für einen Eindruck sie auf mich machen würde, wenn ich sie nur flüchtig und vielleicht auch nur von weitem sehen könnte. Wäre sie nicht da, gut so. Und wäre sie da, auch gut: würde ich am Ausgang mitten im Gedränge der Studenten bleiben, könnte ich ohne Schwierigkeiten gleich wieder hinausgehen und die Sache auf den morgigen Abend verschieben, ja, wieder verschieben.

Sie war nicht da.

Keinerlei Gefahr, eben, weil sie nicht da war! Freie Bahn! Ich nahm ein Tablett und stellte mich an.

Seit acht Jahren bin ich amerikanischer Staatsbürger. Aber eines kann ich heute immer noch nicht ausstehen in den Staaten: das Anstellen. Ein Haß, der nur folgerichtig ist. Ich liebte Amerika vom ersten Tag an, wegen der Freiheit, die man dort hat, die sich grundsätzlich mit zweierlei identifizieren läßt: der ungewöhnlichen Gleichberechtigung eines jeden Bürgers und dem ungewöhnlichen Überfluß eines jeden Bürgers an geographischem, physischem, animalischem Lebensraum.

Nun erfanden die Amerikaner die Selbstbedienung, weil sie lieber die Unannehmlichkeit des Anstellens als die Unannehmlichkeit des Bedienens in Kauf nahmen: weil sie die denkbar größte Freiheit für die denkbar größte Anzahl von ihnen einer geringeren Freiheit für eine geringere Anzahl von ihnen vorziehen. Doch diese Entscheidung leitet sich unmittelbar ab von der großen Entscheidung, die von den Amerikanern einmal getroffen worden war. Sie waren aus Europa emigriert, weil sie mehr oder minder in einem Zustand von Knechtschaft unter einer bestimmten Klasse von Europäern gelebt hatten. Diese Entscheidung ist also ein Beweis für das verdeckte Weiterbestehen eines Minderwertigkeitskomplexes gegenüber Europa, aber sie ist auch, vielleicht durch den Einfluß der vorangegangenen und der frühesten Emigranten, ein Beweis für das extreme Bedürfnis, jeden auch noch so kleinen Vorwurf von Sklaverei zurückzuweisen. Das heißt also, ihr Ideal der Gleichheit war zu unbedingt, zu leidenschaftlich, zu stark, als daß es nicht das andere Ideal erdrückt hätte, das ihnen das neue Land auf natürliche Weise anbot: das nicht weniger bedeutende Ideal des animalischen Lebensraumes.

Freilich gibt es auch viele Leute, die lieber die Arbeit eines Kellners verrichten, als einen Preßlufthammer oder die Hebel in einem Walzwerk zu betätigen. Um in den Staaten alles ins Lot zu bringen und das Schlangestehen abzuschaffen, würde es genügen, dieses verdeckte *europäische* Minderwertigkeitsgefühl zu beseitigen, das in Amerika den anständigen Beruf eines Kellners oder einer Kellnerin herabsetzt. Und als guter Anfang würde es reichen, wenn jeder, der in einem Lokal arbeitet, einem neuen Gesetz zufolge den doppelten Lohn aller anderen Arbeitnehmer bekäme. Das wird auch so sein und ist bereits auf dem besten Wege zur Verwirklichung. Ich kenne Amerika gut genug, um es mit Sicherheit annehmen zu können.

Ich besitze seit acht Jahren die amerikanische Staatsangehörigkeit und lebe seit siebzehn Jahren in Amerika mit einer einzigen Unterbrechung von etwas mehr als einem Jahr. Aber ich habe mich nie an das Anstehen gewöhnen können. Und damals erst, 1961! Ich tat dagegen, was ich nur konnte! Ich zog ein Buch aus der Tasche, legte es auf das Tablett, lehnte es an einen leeren Teller, als hätte ich ein Lesepult, und las darin, während ich Schritt um Schritt in der Reihe voranging. Es handelte sich stets um Verse, denn nur Verse kann man auf diese Weise lesen. Mit Vorliebe las ich kurze Verse: Robert Frost, Yeats, *Chamber Music* von Joyce, die *Underwoods* oder die *New Poems* von Stevenson. Das Anstehen bei Cole's schien kein Ende zu nehmen. Manchmal dauerte es volle zwanzig Minuten. Aber man versteht ein Gedicht nicht recht, wenn man es zum erstenmal liest und um sich herum das laute Treiben und das Stimmengewirr einer Studenten-Cafeteria hat: dazu sind Ruhe und Konzentration nötig. Aber ich hatte entdeckt, daß die beste Art, das Anstehen hinter sich zu bringen, weniger darin bestand, ein Gedicht zu lesen, als vielmehr, eines auswendig zu lernen, das ich schon gelesen hatte und das mir aus irgendeinem Grund besonders gefiel.

Bei jedem Halt las ich eine Strophe, und bei jedem Schritt vorwärts schloß ich die Augen und wiederholte sie mir: wenn ich das Vorwärtsgehen und Stehenbleiben so nutzte, konnte ich ein kurzes Gedicht nach und nach ganz auswendig lernen. Saß ich dann am Tisch, hatte ich das Buch während des Essens offen neben dem Teller liegen und ging es noch einmal durch. An jenem Abend bei Cole's war es ein Gedicht von Stevenson, und ich kann es heute noch auswendig, wenn auch wahrhaftig nicht wegen seiner Schönheit - bei Stevenson gibt es eine Menge anderer Gedichte, die es weitaus mehr verdienen, auswendig gelernt zu werden -, sondern weil es meiner jugendlichen Begeisterung entsprach: dem Verlangen, amerikanischer Staatsbürger zu werden, das ich gerade in jenen Monaten zum erstenmal hatte. Außerdem ist das Gedicht nicht vollständig. Sehr seltsam, dachte ich. Ich hatte mir, ich weiß nicht warum, eingebildet, Stevenson habe, abgesehen von *Weir of Hermiston*, dem Roman, der wegen seines Todes unvollendet blieb, seine Werke stets zu Ende geschrieben. Als ich mich später gründlich mit Stevenson beschäftigte, stellte ich fest, daß er etliche andere Werke unvollendet hinterlassen hat: *The Young Chevalier, St. Yves, The Great North Road, Heathercat, The Story of a Recluse* usw. Damals vergaß ich jedenfalls sofort jenen Schatten und begeisterte mich weiterhin für das kleine Gedicht.

I look across the ocean,
and kneel upon the shore,
I look out seaward-westward,
my heart swells more and more.

Ich seh über den Ozean hinweg
und knie mich auf den Strand,
ich seh aufs Meer, nach Westen,
mein Herz schwillt immer mehr.

I see the great new nation,
new spirit and new scope
rise there from the sea's round shoulder –
a splendid sun of hope!

Ich seh die neue, große Nation,
neuen Geist und neue Ziele,
die dort auf der runden Schulter des Meeres erstehen –
eine strahlende Sonne der Hoffnung!

I see it and I tremble –
my voice is full of tears –
America tread softly,
you bear the fruit of years.

Ich seh dies und erbebe –
meine Stimme ist der Tränen voll –
Amerika, tritt langsam,
du trägst der Jahre Frucht.

Tread softly – you are pregnant
and growing near your time…

Tritt langsam – schwanger bist du,
und deine Stunde ist im Nahen…

Die letzten beiden Verse fehlten. Instinktiv suchte ich in meinem noch kümmerlichen englischen Wortschatz und machte den Versuch, sie zu ergänzen. Schon war ich knapp vor dem Tresen angelangt, wo das Essen ausgegeben wurde, und ich suchte mit geschlossenen Augen instinktiv nach einem Wort, das sich mit *time* reimte. *Lime*, Mörtel? *Dime*, die kleine amerikanische Silbermünze, ein Zehnteldollar? Oder *climb*, aufsteigen? *Crime*, Verbrechen?

Mitten im Lärm und Stimmengewirr hörte ich von weither meinen Namen:

»Professor Telucci! Edoardo!«

Edith stand nicht an ihrem gewohnten Arbeitsplatz, sondern ganz hinten an der Vitrine mit den Nachspeisen, neben der Kasse. Und sie war anders gekleidet ... Ach ja, Kittel und Häubchen waren hellblau. Die Angestellten trugen jetzt alle diese neue Kleidung, die Sommerkleidung: vorher hatte ich das noch gar nicht gemerkt.

Ich winkte und bedeutete ihr, daß ich bald bei ihr sein würde. Und jetzt, da ich sie gesehen hatte, war ich auf einmal glücklich.

4

Wir hatten uns gleich verabredet: als sich Edith über den Tresen beugte, um mir eine Zitronenschnitte aufs Tablett zu legen, sagte sie, ich solle um ein Uhr nachts auf der Seite, wo der Parkplatz ist, auf sie warten, weil sie dann von ihrer Schicht kommen würde.

Ich setzte mich so nahe wie möglich an die Kasse und blieb so lange wie möglich an meinem Tisch sitzen. Ich sah zu Edith hin und lächelte sie an, und auch sie lächelte mich an. Aber das war zu auffällig. Die alte Kassiererin neben mir, ein graugelockter Kopf mit scharfem Blick durch die Brille, brachte uns ihr Mißfallen zum Ausdruck und zwang uns zur Mäßigung.

Allein Edith zu *sehen*, war mir eine Freude. Wenn ich ehrlich sein will, muß ich sagen, daß es mir sogar völlig genügte, sie anzuschauen und jedesmal ihrem Lächeln zu begegnen. Ahnte ich vielleicht, daß ich niemals hätte mehr wollen dürfen? Die große und leicht gewölbte Stirn, die helle Blässe ihrer mageren Wangen, die kräftigen Hände, der feingeschwungene Hals, der schlanke Oberkörper – all dies bewunderte ich uneingeschränkt. Wenn ich mir überlegte, daß sie keinen Augenblick gezögert hatte, meinen Wunsch zu erfüllen und sich mit mir zu verabreden, so war dies doch ein Beweis dafür, daß sie irgendwie für mich das gleiche empfand wie ich für sie; und meine Sehnsucht konzentrierte sich eigenartigerweise auf die Gewißheit einer geheimnisvollen *Wahlverwandtschaft*, als erbäte ich vom Schicksal einzig und allein die Gnade, sie nie und auch dann nicht aus den Augen zu verlieren, wenn sie gar nicht wußte, daß ich sie beobachtete: sie so zu beschützen, fast wie ein Vater, der über seine kleine Tochter wacht, hingerissen von ihrer Schönheit und bewegt von ihrer Unschuld, der aber gleich höchst beunruhigt, zornig, voller Eifersucht ist und bereit, einzugreifen, sobald irgend jemand, und sei es nur ein anderes Kind, auf sie zugeht.

Schließlich blieb auch tatsächlich ein Student mit seinem Tablett länger als normal an Ediths Tresen stehen. Er war groß, eine athletische Figur. Um diejenigen, die nach ihm kamen, nicht in der Wahl ihrer Nachspeise zu behindern, trat er zunächst einen halben Schritt zurück und versperrte mir die Sicht auf sie; dann bückte er sich und trat wieder vor: gewiß redete er mit ihr. Ich mußte einfach aufstehen und meinen Stuhl verschieben, um Edith sehen zu können. Was ich da tat, entging der Kassiererin nicht. Wütend konzentrierte ich mich wieder auf meinen Stevenson und versuchte noch einmal, die beiden fehlenden Verse zu erfinden, ohne mich um dies schlechte Omen zu kümmern. Diesmal gelang es mir auf Anhieb:

Tread softly – you are pregnant
and growing near your time:
the future of humanity
is fused in your dime.

Tritt langsam – schwanger bist du,
und deine Stunde ist im Nahen:
der Menschheit Zukunft
birgt das Silber deines *dime.*

Oh, Stevenson hätte bestimmt nicht so aufgehört. Als ich im darauffolgenden Jahr in Mailand eine Vorlesungsreihe über Stevenson vorbereitete, entdeckte ich, daß seine Frau schwanger gewesen war, als er dieses Gedicht geschrieben hatte. Sie hieß Nelly van der Grift und war Amerikanerin. Stevenson hatte also zwei Bilder übereinandergelegt, Amerika und Nelly, das eine ein Spiegelbild des anderen.

Edith ließ auf sich warten. Alle anderen Mädchen waren längst herausgekommen, nur sie nicht. Ich sah auf die Uhr. Ich litt Qualen. Es wäre auch zu schön gewesen! Ich hatte mich einer Illusion hingegeben! Schon dachte ich, sie hätte es sich anders überlegt, die Ursache war vielleicht gerade dieser Student, der so lange mit ihr geredet hatte. Vielleicht war sie durch einen anderen Ausgang herausgekommen und mit ihm fortgegangen und hatte sich über mich lustig gemacht, und ihr Lächeln war nur Heuchelei gewesen, bewußte Täuschung. Ein ganz anderes Verhalten, als ich es bei den amerikanischen Mädchen kannte, genau das Gegenteil von dem, was ich glaubte, von ihr begriffen zu haben: kapriziös, womöglich auch kokett, aber ehrlich. Freilich war bis dahin meine Erfahrung mit Amerikanerinnen noch nicht gar so groß und beschränkte sich auf die Studentinnen, die Assistentinnen und die jüngeren Frauen von Professoren. Ein Mädchen, das wie Edith arbeitete, hatte ich noch nicht kennengelernt. Und obwohl sich in den Staaten nur zwei Schichten deutlich von den anderen abheben, die Kapitalisten und die Allerärmsten, und die dazwischenliegenden fast ineinander übergehen, so wußte ich immerhin, daß die Zwischenschichten eine Unmenge fluktuierender Nuancen aufweisen.

Mit derartigen Überlegungen beschäftigt, wanderte ich an der Rückseite der Cafeteria, einer dunklen Scheibenwand, hin und her. Auf dem riesigen Parkplatz standen weit verstreut nur noch vier oder fünf Wagen, darunter der meine, einsam und fern. Das Warten dauerte. Nicht daß ich schon jegliche Hoffnung aufgegeben hätte, doch eine neue Verzagtheit hatte mich ergriffen: wenn Edith wirklich käme, worüber sollte ich mich dann mit ihr unterhalten? Was sollte ich ihr überhaupt sagen? Freitagabend in der Bierstube war ein verzauberter, glücklicher Augenblick gewesen, Vaclav hatte uns Hilfestellung gegeben, und wir hatten uns mit allen Argumenten eingehend beschäftigt. Was blieb ihr und mir jetzt noch an Gemeinsamem? Es kam mir gar nicht in den Sinn, daß dies eigenartige Sorgen waren. Wenn man jung ist und sich nach einem Mädchen sehnt, denkt man nicht an das, was man sagen soll: man denkt daran, sie zu umarmen! Und selbstverständlich dachte ich daran. Aber irgendwie hatte ich das Empfinden, daß dies nicht recht, nicht genug wäre. Genug und recht war allein ihre Anwesenheit. Etwas Absurdes wäre mir am liebsten gewesen: lange mit ihr über Liebe zu reden, doch wortlos und ohne sie zu umarmen, sie dabei nur leicht zu berühren.

In der Dunkelheit, hinter den Scheiben, leuchtete in der Ferne das Flämmchen eines Feuerzeugs oder eines Streichholzes auf. Dann erschien ein Schatten und kam rasch und energisch heran: am schwungvollen Gang ihrer langen Beine merkte ich, daß sie es war. Sie rauchte, war bester Laune:

»Entschuldige meine entsetzliche Verspätung. Ich war ganz verschwitzt. *I had a shower.*« Ich hab' geduscht. »Wohin wollen wir jetzt?«

Ja, wohin sollten wir? Im Verlauf der langen Wartezeit war es vielleicht das einzige, woran ich nicht gedacht hatte. Zu dieser Nachtstunde hatte in Storrs und Willimantic nichts mehr offen: Cole's war das letzte Lokal.

»Mir sind die Zigaretten ausgegangen«, sagte sie.

»Holen wir welche!«

»Ja, aber wo? In New York?« lachte sie laut heraus, denn bis New York sind es hundertfünfzig Meilen. Doch inzwischen war mir eine großartige Idee gekommen, der Vorwand für eine halbe Stunde Autofahrt mit ihr:

»In Hartford!« sagte ich. »Fahren wir nach Hartford, dort gibt es einen Shoprite, der noch ganz spät offen hat!«

»Ja, aber im Shoprite muß man gleich eine Stange kaufen!« entfuhr es ihr allzu impulsiv, um nicht eine Bestätigung dessen zu sein, was ich schon hinsichtlich ihrer wirtschaftlichen Lage und ihrer Familienverhältnisse vermutet hatte – vielleicht war der bescheidene Kaufpreis einer ganzen Stange für sie etwas Außergewöhnliches, eine unangemessene Anlage. Aber meine Erwiderung kam ebenso prompt:

»Kaufen wir eine Stange!« Dabei nahm ich sie an der Hand,

und wie in einem gemeinsamen Entschluß, wie von einem plötzlichen Windstoß einem glücklichen Ziel entgegengetrieben, rannten wir über den durch ganz hohe blaue Lampen gleichsam von Mondlicht überfluteten einsamen Platz.

So rannten wir auf meinen Wagen zu, rannten, daß wir fast keine Luft mehr bekamen, und hielten uns dabei an der Hand: zwei kleine Schulkinder, die mit Ungestüm ihrem Spiel entgegenrannten, Traum ihres Tages; oder, besser – das sage ich mir heute, viele Jahre danach, wenn ich an diesen weiten Lauf zurückdenke – oder, besser, männliche und weibliche Kreatur einer Gattung von Lebewesen, an die nur einmal in ihrem Dasein ein geheimnisvoller Befehl ergeht: urplötzlicher Instinkt, der sie vereint und verzaubert, schwerelos, gläubig, wiedergeboren und auf ewig verloren im Hochzeitsflug.

Dieser Flug scheint mir auch heute noch, da ich ja am Leben bin, noch nicht zu Ende zu sein; er enthält, und das könnte ich beschwören, nichts Sinnliches, nicht einmal Sexuelles, wenn nicht am Rande und von ungefähr. Es ist ein im Grunde sublimer und glücklicher Instinkt: ein Beginn von Leben und zugleich von Tod.

Im Wagen drängten wir uns aneinander, jeder hatte seinen Arm um des andern Taille gelegt, ich um die ihre, sie um die meine. So erreichten wir Hartford, ohne ein Wort zu sagen, beide beglückt von diesem Beisammensein und diesem Schweigen, ganz, wie ich es mir erträumt hatte. Ich weiß, körperlich war es weit mehr als ein leichtes Berühren: doch in der Wahrnehmung eben kaum ein leichtes Berühren, waren doch unsere unaussprechbaren Gedanken vereinigt, und dies, ohne daß ein Teil davon in der Einsamkeit verblieben wäre, wie erzwungenermaßen wegen des fahrenden Autos meine linke und ihre rechte Seite. Später war es dann immer so. Auf irgendeine Weise immer so. Wir haben uns nie gesagt, daß wir uns liebten. Es war nicht nötig, es zu sagen. Es zu sagen, schien uns wie eine Lästerung, die es leugnete. Und unsere Körper waren nie wirklich und wahrhaftig eins – auch wenn sie es waren, alle

Male, da sie es waren, begonnen mit eben jenem Abend –, denn ihre Vereinigung blieb stets etwas Erbärmliches, Verachtenswertes, gemessen an der Einheit unserer Gefühle. Ganz und gar eins waren wir nur beim Hochzeitsflug, bei dem Lauf, der mir freilich endlos scheint, quer durch jenen verlassenen Parkplatz und durchs Leben.

Der Shoprite strahlte grandios in die Weite und Dunkelheit der amerikanischen Nacht.

»Warte hier auf mich«, sagte ich zu Edith. Ich stieg aus, ging hinein, kaufte drei Stangen und brachte sie ihr im Laufschritt.

»You're crazy, Edoardo!« rief sie, wie sie mich so sah: Du bist verrückt! *»Why three?!«* Warum drei?!

»Weil ich an dem Abend neulich gesehen habe, daß du diese drei Marken rauchst, und weil Drei die vollkommene Zahl ist!«

Sie war glücklich wie ein Kind. Und bald darauf sah ich in meiner Wohnung in Willimantic eine Träne kindlichen Glücks in einem Winkel ihrer dunkelblauen Augen, als wir uns das erstemal geliebt hatten.

Ich blickte auf diese einsame Träne und sagte ihr nichts. Ich hatte schon immer ein Grauen vor den Fragen, die heute bei den Liebenden unserer Epoche sogar gang und gäbe sind, nachdem sie sich geliebt haben. Es schaudert mich, sie hinzuschreiben. Er zu ihr: »Bist du zufrieden?« Sie zu ihm: »Bist du enttäuscht?« Und er zu ihr: »Es ist doch gut gegangen, oder?« Das ganze Leben ist ein geheimnisvolles Geschenk. Es bemessen zu wollen, halte ich für töricht.

Ich sagte nichts. Und sie sprach als erste:

»Oh, Edoardo«, hauchte sie, »du bist, wie ich es mir vorstelle... aber du bist nicht für mich.«

Ich schließe die Augen und höre noch ihre liebe Stimme, die tonlos war, als sie diese Worte sprach, an die ich mich ganz genau erinnere: *You're the way I say... but you're not for me.* Und ich weiß auch noch, daß ich mich gefragt habe, was Edith wohl damit sagen wollte. *Du bist, wie ich es mir vorstelle:* das heißt, du bist der ideale Mann, der Mann, von dem ich immer geträumt habe und den ich allen anderen vorziehe. *But, aber: du bist nicht für mich*; das heißt, das Schicksal will nicht, daß wir uns weiterhin sehen. Warum eigentlich nicht? Weil wir beide so verschieden sind? Ich Italiener und Professor, sie Amerikanerin und ein Mädchen mit geringer Bildung?

Nachdem ich Jahre mit Edith verbracht habe, fällt es mir heute sehr schwer, meine allererste Reaktion auf diese eigenartigen Worte von ihr nachzuvollziehen. Zunächst und auch monate- und jahrelang, nachdem ich sie geheiratet hatte, gab ich diesen eigenartigen Worten, und tat es immer wieder, eine völlig andere Auslegung, als ich ihnen heute gebe...

... Gerade merke ich, daß ich mich getäuscht habe: beim Schreiben dachte ich mit heutiger Ehrlichkeit und nicht mit der Ehrlichkeit von damals an unser erstes Treffen zurück. Meine heutige Ehrlichkeit ist einfach und vollständig. Die damalige war zweifach und unvollständig: sie enthielt, ohne daß ich mir dessen bewußt war, in sich auch meine Ehrlichkeit von heute, auf die gleiche Weise, wie eine unbekannte und unangetastete Frucht einen Kern in sich bergen kann, von dessen Vorhandensein man gar nichts weiß. Beim Schreiben dachte ich so an jene Nacht zurück, als hätte ich Edith damals schon geliebt, wie ich sie heute liebe. Doch wenn es richtig ist, daß ich sie damals schon unbewußt liebte, wie ich sie heute liebe, dann ist es ebenso richtig, daß ich damals davon überzeugt war, sie viel weniger oder gar überhaupt nicht zu lieben. Heute weiß ich, daß der Lauf über den Parkplatz bei Cole's ein Hochzeitsflug gewesen ist - aber damals, als ich Hand in Hand mit ihr lief, hielt ich das für einen vergänglichen, flüchtigen Augenblick jugendlicher Begeisterung. Ich war achtundzwanzig und sie einundzwanzig!

Darum übertrug ich auch die Worte »Du bist nicht für mich« im ersten Augenblick zögernd im Geiste so: »Domine, non sum digna«, mit den Worten also, die unfehlbar jede wahre und große Liebe offenbaren. Gleich darauf aber integrierte ich sie in meine damalige Geistesverfassung. Zu jener Zeit wollte ich nicht lieben und auch nicht geliebt werden: ich freute mich meines Alleinseins, und mir graute vor jeglicher Liebesliaison wie vor einem Unglück.

»Oh, Edoardo, du bist, wie ich es mir vorstelle« faßte ich daher lediglich als ein banales Kompliment auf, das sie mir eigentlich nur machte, um mich nicht zu kränken, ganz so, als würde sie sagen: »Oh, Edoardo, du bist doch ein sehr sympathischer Junge.« Und das »Aber du bist nicht für mich« hielt ich für eine Art Vorwarnung, damit ich mir keine Illusionen machen sollte, ganz so, als würde sie sagen: »Aber sei dir im klaren, daß diese Geschichte keine Fortsetzung haben kann, darüber brauchen wir gar nicht erst zu reden.« Und meine Reaktion, prompt und entschieden nach jenem ersten, flüchtigen Augenblick des Zögerns, der eigentlich den Kern der Wahrheit barg, meine Reaktion? Da ist sie: Ach ja? dachte ich pikiert, ich bin nicht für dich? Warum denn nicht? Vielleicht passen wir für eine Weile ganz ausgezeichnet zusammen: und wenn ich nicht für dich bin, dann bist du jedenfalls auch nicht für mich, folglich gehen wir gerade deshalb überhaupt kein Risiko ein, wenn wir für ein paar Wochen oder für ein paar Monate zusammenbleiben!

Die wahre Liebe nahm ihren Anfang. Das waren ihre subtilen Täuschungen, die noch älter als die Sonne sind: sie will die ganze Macht; sie geht mit Geduld, Umsicht und Schläue vor; sie tut so, als respektiere sie unsere intime Demokratie; gleichzeitig quält sie uns, wobei sie sich so gut in der von uns geliebten Person verbirgt, daß wir dieser die Grausamkeit jener in die Schuhe schieben, der Tyrannin, die in Wirklichkeit in uns selbst ist, was wir freilich zu spät und verzweifelt erst dann gewahr werden, wenn sie uns nichts mehr zuleide tun kann.

5

Als ich sie nach Hause brachte, dämmerte der Morgen. Keinerlei Melancholie mehr. Und keine sentimentalen Schweigemomente. Es schien, als hätte Edith meinen Vorsatz erraten, die Sache auf die leichte Schulter zu nehmen, und ihn sich zu eigen gemacht. Wir redeten die ganze Zeit und waren bester Dinge.

»Edoardo, weißt du, was ich zu Hause sage, wenn sie mich wegen der drei Stangen fragen?«

»Nein.«

»Daß ich sie in einem Flipper gewonnen habe!«

»Aber die Flipper spucken doch nur Dimes, Quarters und halbe Dollars aus!«

»Ja, aber Papa und Mama wissen das nicht. Aus dem Haus geht Mama nur einmal in der Woche, um einzukaufen, und dann noch jeden Morgen in die Messe. Papa geht nie aus, er zieht Kohl in seinem Garten und macht Sauerkraut daraus. Jetzt will ich aber eine von denen probieren.« Sie legte sich die drei Stangen auf den Schoß und machte eine auf: »Oder weißt du, was ich sage? Ich sag, die Kassiererin hat sie mir geschenkt!«

»Die Kassiererin ist schlecht auf dich zu sprechen, sie wollte nicht mal, daß wir uns ansehen!«

»Die Kassiererin liebt mich. Ich glaube, sie mag Mädchen. Sie gehört zu der Bewegung. In Storrs gibt es eine Menge davon. Hast du das nicht gemerkt?«

»Viele Lesbierinnen oder viele von der Bewegung?«

»Oh, das ist ein und dasselbe...«

Sie ließ mich gar nicht erst erklären, daß die Bewegung, *Movement for Women's Liberation*, nicht ein und dasselbe ist.

»Ich hab' das nur so gesagt. Glaubst du, ich weiß nicht, was das Wort Lesbierin bedeutet? Also, zuerst habe ich gar nicht an so was gedacht, ich hab' nur gemerkt, daß diese blöde Alte nett zu mir ist, und manchmal, wenn ich Abendschicht hatte, habe ich sie gebeten, mich mit ihrem Wagen nach Hause zu bringen. Weißt du, ich hätte ja so gern studiert.«

»Ach! Und was denn?«

»Accounting«, antwortete sie: Buchhaltung. »Ich bin im Rechnen ganz groß. Also habe ich sie gefragt, wie ich es anstellen kann, das Diplom zu kriegen und trotzdem weiterzuarbeiten. Es gibt da Schnellkurse, hat sie mir gesagt, aber die sind abends, und wenn ich die besuchen möchte, ohne bei Cole's aufzuhören, müßte ich mich eben in die Mittagsschicht einteilen lassen. Unmöglich, sagte sie, weil es für die Mittagsschicht eine Menge Mädchen gibt und sie gerade für die Abendschicht fehlen. Aber wenn sie ein gutes Wort beim Manager einlegen würde ... Und während sie das sagte, hat sie mich gestreichelt. Am liebsten hätte ich sie gleich k.o. geschlagen. Schade, denn Buchhaltung macht mir Spaß, aber dazu braucht man ein Diplom. Und weißt du, warum sie mich seit heute an einen andern Platz gestellt haben, diese Ärsche?«

»Wer? Der Manager oder die Kassiererin?«

»Alle, alle bei Cole's. Sie haben mich woanders hingetan, weil sie gemerkt haben, daß ich rauche. Hinter der Vitrine mit dem Essen hatte ich auf dem Tresenrand immer eine brennende Zigarette liegen: von weitem haben sie den Rauch nicht gesehen, er hat sich mit dem Dampf des Pastrami und der Suppen vermischt. Aber an der Dessertausgabe, *shit!*, da kann ich nicht rauchen. Da dampft überhaupt nichts, *shit!*« Auf einmal hatte sie wieder ihren gewohnten, unzufriedenen Gesichtsausdruck. Diesen Abend sah ich ihn zum erstenmal an ihr, ich hatte ihn fast schon vergessen. Sie schimpfte weiter: »*Shit! Shit! Shit! Oh, I hate Cole's!* Ich hasse Cole's! Ich habe diese Scheiß-Cafeteria satt. Sie zahlen ja anständig, aber was muß man dafür schuften, *shit!* Wenn ich nur anderswo eine Arbeit finden könnte!«

Sie riß nervös das Päckchen auf, zündete sich eine Zigarette an und war ebenso plötzlich wieder äußerst vergnügt: »Drei Stangen...« Und sie betrachtete sie auf ihrem Schoß und lachte laut heraus: »... drei Stangen, Edoardo, die werden länger dauern als unsere Liebe!«

Ich lachte mit ihr, hatte dabei ein seltenes Gefühl von Sicherheit, fast von Glück, und auch noch einen kleinen bitteren Beigeschmack, der mein Wohlgefühl sogar steigerte: die Kassiererin rief mir die athletischen Schultern wieder ins Gedächtnis, die mir die Sicht auf Edith von meinem Tisch aus versperrt hatten:

»Was hat dir eigentlich dieser Student gesagt?«

»Was für ein Student?«

»Der, auf den die Kassiererin nicht eifersüchtig war: sie hatte es nur mit mir. Der ist doch so lange stehengeblieben und hat mit dir geredet.«

»Oh, aber das war kein Student, *he was the engineer!*«

»Der Ingenieur?! Was denn für ein Ingenieur?«

»The night-shift engineer! The electrician!« Der Ingenieur für die Nachtschicht, der Elektriker - ich verstand noch zuwenig Englisch und wußte nicht, daß *engineer* alles heißen kann, vor allem aber: Techniker, irgendein Techniker.

»Wie lange bleibt er denn bei Cole's, *the engineer*?«

»Die ganze Nacht, die Geschirrspülmaschinen laufen ja weiter. Da kann's einen Defekt geben, einen Kurzschluß.«

»Die Geschirrspülmaschinen und die Duschen«, rutschte es mir heraus.

»Was haben denn die Duschen damit zu tun?«

Ich antwortete lachend:

»Weil du ihn natürlich wiedergesehen hast, als du noch dageblieben bist, um dich zu duschen. Hast du ihn wiedergesehen?«

»Also gut, er war da.«

»Im Duschraum?«

Sie lachte aus vollem Hals: »In der Nähe. Jetzt weiß ich, daß du ein echter Italiener bist!«

Mir paßte es gar nicht, ein echter Italiener zu sein. Um ihr zu beweisen, daß ich's nicht war, durfte ich nicht weiter darauf bestehen. Aber ich mußte doch weiter daran denken.

Ich war verärgert, höchst verärgert: wenn sie nun tatsächlich, statt zu duschen, etwas mit dem Elektriker gehabt hätte! Deswegen also war sie so spät gekommen!

Wir redeten von anderem, waren lustig und scherzten. Wir hatten fast schon Willimantic erreicht, da zündete sie sich mit dem Stummel ihrer Zigarette eine neue an und fragte, wo ich übers Wochenende gewesen sei.

»Pawcatuck, an der Flußmündung«, antwortete ich ohne zu zögern.

Sie macht einen tiefen Zug, bläst den Rauch aus dem Mund, atmet ihn durch die Nase wieder ein, lächelt.

»Ach, also diesmal der Ozean, nicht mehr das Gebirge!«

Ich sehe sie an und denke: bei Gott, das sagt sie mir gerade so, als wüßte sie etwas von mir und Shirley! Es drängt mich zu einer ehrlichen Erwiderung. Das ist besser, denke ich, und auch klüger, und dann sind wir auch quitt mit dieser Elektriker-Geschichte:

»Auf den Bergen ist jetzt nicht mehr genug Schnee zum Skifahren. Ich bin mit einem Mädchen in Pawcatuck gewesen.« Und ich erzähle ihr mit wenigen Worten alles über Shirley und sage ihr auch wahrheitsgemäß, daß es sich um eine ganz belanglose Sache im Universitätsmilieu handelt.

»Natürlich, du bist ein echter Italiener, genau wie meine große Freundin Anna. Auch sie ist eifersüchtig, schert sich aber selbst um gar nichts: sie macht mit allen, was sie will. Übrigens habe ich heute einen Brief von Anna bekommen! Sie ist nicht mehr in Mexiko, sie ist in ... Caracas, Venezuela! Sie schreibt, daß sie sich großartig amüsiert. Aber Anna hat keinen Bruder, du bist der erste Italiener, den ich kennenlerne.«

»Komisch! Es gibt doch so viele hier!«

»Schon gut, aber du bist der erste.«

»Der erste zumindest, was das betrifft.« Wieder lachte sie lauthals: ganz offenherzig, wie mir schien.

Ich hielt vor ihrem Haus, einem kleinen Holzhaus: davor ein bißchen Wiese und dahinter der Gemüsegarten wie bei all den anderen in diesem Stadtteil, der mir zu dieser Stunde und bei dieser Beleuchtung noch ärmlicher vorkam, als er in Wirklichkeit ist. Es war kurz vor Sonnenaufgang. Aber der Himmel war schon klar und graublau wie Ediths Augen.

Ich gab ihr einen raschen Kuß, bevor sie ausstieg:

»Ich komme heute abend zu Cole's.«

»Nein, zwecklos, da habe ich keine Schicht. Wir sehen uns übermorgen.«

Ich ging trotzdem hin.

Und sie war da.

»Das Mädchen, das eingeteilt war, ist plötzlich krank geworden. Sie haben mich telefonisch gebeten, an ihrer Stelle zu kommen. Die anderen haben alle Urlaub.«

»Dann warte ich draußen auf dich, wie gestern abend.«

»Nein, ich bin leider verabredet«, und dabei lächelte sie seelenruhig. Vielleicht belog sie mich, wie sie mich auch mit der Schicht belogen hatte. Vielleicht wollte sie mir eins auswischen, war eifersüchtig auf Shirley.

»Gut, ich rufe dich an«, sagte ich und ging. Ich aß in einem anderen Lokal zu Abend. Ich war wütend. Und gleich sah ich die Verabredung mit anderen Augen, hoffte jetzt nicht mehr, daß sie mich belogen hätte. Wütend und der Verzweiflung nahe: eine Riesendummheit, ihr von Shirley und dem Universitätsmilieu erzählt zu haben.

Ja, wirklich, damals dachte ich, daß Edith, selbst wenn sie an diesem Abend mit einem andern zusammensein würde, es aus Verärgerung, aus Zorn täte. Diese ihre Trotzreaktion hätte mir eine Beruhigung sein müssen: paßte sie etwa nicht in das Konzept einer nur flüchtigen Zuneigung, die ich für sie zu empfinden glaubte? Ich überlegte mir, was nun geschehen würde. Eines von beiden: entweder wir machten augenblicklich wieder Frieden und kehrten zu unserer oberflächlichen Beziehung zurück, die ich mir ja wünschte, oder wir machten sofort Schluß und sahen uns nie wieder, und ich würde es in kurzer Zeit verwinden. So oder so, es würde alles zum besten ausgehen – oder nicht?

O nein, es ging gar nicht zum besten aus. Denn für mich war es inzwischen zu einer Notwendigkeit geworden, sie zu sehen und mit ihr zusammenzusein. Im Augenblick aber war ich wütend, ohne sie ins Bett gehen zu müssen, während sie vielleicht mit einem andern ins Bett ging. Und ich war eifersüchtig, aber ich glaubte, sie nicht zu lieben, und in dem Glauben, sie nicht zu lieben, schloß ich auch ihrerseits eine anders geartete Eifersucht aus: es kam mir nicht in den Sinn, daß sie ja auch eifersüchtig sein könnte, weil sie mich liebte ... Oh, sie liebte mich, und *sie* wußte es!

Nach der Gruppenaufnahme gingen wir alle zum unteren Platz vor der Gnadenkirche. Das Hochzeitsessen sollte im »Weißen Kreuz« stattfinden. Eine Doppelhochzeit, denn Anna und Vaclav setzten uns wiederholt davon in Kenntnis, daß sie ihre eigene Hochzeit nicht gebührend gefeiert hatten. Eine Reihe von Umständen hatte sich den Ärmsten entgegengestellt: kein Festschmaus, keine Reise. Jetzt aber würden sie zusammen mit Edith und mir beides nachholen können.

Durch die Scheiben der geschlossenen Veranda schien voll und heiter die Mittagssonne. Und sie glitzerte auf den einzelnen Schneefeldern zwischen den Bergkämmen bis zum Himmel hinauf, wurde reflektiert vom silbrigen Schotter des Platzes.

Wir waren nur zehn, trotzdem gab es ein wenig Verwirrung bei der Platzwahl, wie das ja stets so ist, wenn niemand mit diesem Amt betraut wurde. Der ländliche und auch der amerikanische Brauch setzten sich durch: die Brautleute nebeneinander. Und da wir zu viert waren, saßen alle vier nebeneinander, fast genauso wie beim Gruppenbild. Ich hatte an meiner einen Seite Edith und an der anderen Anna. Meine Mutter, die Englisch spricht, saß neben Edith. Und neben Vaclav einer der Zeugen, der ebenfalls Englisch kann. Der alte Priester saß auf der anderen Seite des großen, ovalen und blumengeschmückten Tisches genau in der Mitte, Anna und mir gegenüber.

Anna hatte immer noch ihre Handschuhe an. Nun streifte sie diese langsam ab. Sie gingen ihr über den halben Unterarm: beigefarben, feines Glanzleder. Ihre Hände kamen zum Vorschein, so schöne, wie ich nie wieder welche gesehen habe. Ebenmäßig, schlank, weich, aber doch fest, nur um ein ganz weniges gewölbt: die Knöchel unsichtbar, die Finger ohne die geringste Erhebung und ohne das geringste Fältchen. Beladen mit Armreifen, die gewiß nur wenig wert waren, doch wertvoll schienen, waren auch ihre Handgelenke, ebenso wie die Hände, wohlgebildet und schlank, ohne jedoch einen Gegensatz zu ihrem hochgewachsenen und gutgeformten Körper zu bilden, auf den sie unweigerlich hinwiesen.

»May I shake hands with you, Anna?« fragte ich sie, gleich nachdem sie ihre Handschuhe ausgezogen hatte - darf ich dir die Hand geben, Anna? Und fügte, zu meiner Braut gewandt, sofort hinzu: »Edith, darf ich?«

»You must!« Du *mußt!* antwortete Edith: *»Anna's hands are the most wonderful hands in the world!«* Annas Hände sind die allerschönsten Hände der Welt!

»But you must pay for it, Edoardo, and it's very expensive!« sagte Anna und lachte laut und reichte mir ihre Hand.

»Was hat sie gesagt? Was hat sie gesagt?« fragten alle, die es nicht verstanden hatten. Und meine Mutter übersetzte:

»Die Signora sagt, daß Edoardo den Händedruck bezahlen muß und daß er sehr viel kostet!«

Das aufmerksame Schweigen, das um uns herum entstanden war, brachte mich in Verlegenheit: ich weiß nicht, was ich dafür gegeben hätte, wenn ich diese Aufmerksamkeit auf etwas anderes hätte lenken können. Schließlich streckte ich mit komischer Feierlichkeit meine Hand aus und ergriff Annas Hand, die sie mir noch hinhielt. Ruft jede Vorankündigung eines schönen Erlebnisses zwangsläufig eine Enttäuschung hervor? Nun, für einen Augenblick fügte sich Annas Hand in die meine, als gehörten beide zum selben Körper.

»Ein Hoch auf die Brautleute!« rief ich auf italienisch. »Ein Hoch auf uns alle vier!« Alle klatschten begeistert Beifall. Jemand entkorkte eine Flasche Schaumwein. Ich wiederholte den Ausruf, erhob mich mit dem Glas in der Hand: *»Hurrah for the four of us!«* Die Vorspeisen wurden serviert. Man begann zu essen und zu trinken. Und ich dachte an die Leichtigkeit, die angenehme Wärme, die Festigkeit, die Lieblichkeit von Annas Hand.

In Willimantic, in der Virginia Street, also in der Straße, in der ich wohnte, war die Wäscherei Virginia Cleaners, in die ich jede Woche meine Sachen zum Waschen und Bügeln brachte. Am Abend nach demjenigen mit dem *engineer*, an einem Freitag- oder Samstagabend, hatten wir dann, wie vorausgesehen, Frieden geschlossen. Und waren umarmt, mit der Natürlichkeit und Zärtlichkeit einer langen Gewohnheit, eingeschlafen.

»Wann soll ich dich wecken?« hatte ich sie gefragt.

»Überhaupt nicht. Papa und Mama sagen nichts, wenn ich über Nacht weg bin.«

Diese Worte, die so süß klangen, während sie sie gemurmelt hatte, kamen mir beim Aufwachen – ich sah sie an, während sie ruhig, regungslos und ganz leicht atmend noch schlief – wieder in den Sinn, ebenso störend und zugleich beruhigend wie der Gedanke an ihre offensichtliche Teilnahmslosigkeit beim Liebesakt, vorher auch beim Liebesakt mit einem anderen, vielleicht mit vielen anderen... Oh, mit so einem Mädchen würde ich nie eine feste Bindung eingehen, da bestand keine Gefahr, ich war dessen ganz sicher. Aber solange sie mit mir ging, bei Gott! solange sollte sie auch mit keinem andern gehen! Also, auch dessen wollte ich unbedingt sicher sein. Ich würde es fordern, ich forderte es, ich war fest dazu entschlossen. Ein Entschluß, der mich leicht wieder zum Einschlafen brachte: alles ist möglich, wenn man noch keine dreißig ist.

Später dann wachte ich endgültig auf. Mein kleines Zimmer

stand voller Sonne. Schon Sommer. Keine Fensterläden, keine Jalousien: wie können die Amerikaner nur bei all dem Licht schlafen? fragte ich mich.

Auch Edith war wach: blond und weiß lag sie quer auf dem Bett, sah mich an und lächelte stumm. Sie schloß die Augen, wie um wieder einzuschlafen, streckte dann aber ihre langen Arme und ihre langen Sprinterbeine träge aus den durcheinandergeratenen Leintüchern, reckte sich mit kindlicher Anmut, gähnte.

»Hast du Hunger?«

»Ja!«

»Ich auch!« Ich hatte zwar eine kleine Küche, aber wir gingen lieber fort. Noch vor dem Virginia Cleaners gab es einen ausgezeichneten Snack, wo ich fast immer mein Frühstück zu mir nahm.

Was für eine Freude, dieses Frühstück, dieses erste und so viele andere, ein ganzes Jahr lang: die Grapefruits, die Toasts, die Eier mit den Würsten, die Pfannkuchen mit Ahornsirup, der heiße Kaffee mit Sahne. Wenn ich, wie ich das an jenem ersten Morgen tat, meine eifersüchtigen Verdächtigungen vergaß, erschien mir Edith als die ideale Gefährtin: die erste, bei der ich auch nach dem Liebesakt bleiben konnte, ohne ein unangenehmes Gefühl zu haben. Geheimnisse des Menschenherzens! Vielleicht, weil ich beim Liebesakt mit ihr nie zur äußersten Befriedigung kam, vielleicht gerade deswegen konnte ich nachher nie genug bekommen, sie aus nächster Nähe zu betrachten, und vielleicht erschien sie mir nur dann wirklich schön und wirklich mein, in natürlichem Einklang. In der Folge, sogar schon bald, und auch schon beim Frühstück, kamen Gegensätze und Streit auf. Aber eigenartigerweise haftete ihnen in meinen Augen immer etwas Schicksalhaftes an, als wären sie in jedem Fall unvermeidlich und untrennbar verbunden mit unserer Zuneigung, die mit dem Streit und mit den Gegensätzen nur wuchs und nie weniger wurde. Vielleicht merkte ich es manchmal nicht, und auch sie merkte es nicht, daß der Zwiespalt unter der Oberfläche mit einer so geringfügigen Unstimmigkeit seinen Anfang nahm, daß weder sie noch ich darüber redeten und wir sie gleich wieder vergaßen oder, wenn wir uns auch daran erinnerten, sie allenfalls als Vorwand auffaßten.

Es ging allemal von mir aus. Ich erwähnte schon, daß ich bei ihr nach dem Lieben keinerlei unangenehmes Gefühl hatte. Und das ist die reine Wahrheit. Doch es ist ebenso wahr, daß mich vor dem Lieben oder nachher, jedenfalls ganz unabhängig vom Liebesakt, manchmal eine Kleinigkeit an ihr störte. Oh, ein winziges, neurotisches, nur gelegentliches, ganz äußerliches, belangloses und leicht zu überwindendes Ärgernis. Zuweilen, aber wirklich nur zuweilen tat es mir weh, ein leichtes Geräusch zu hören, wenn sie die Suppe oder auch etwas Knuspriges aß.

Es war, als nähme ich eine ihr ganz eigene innere, physische Resonanz wahr, die eines Körpers, der ihr nicht anzugehören schien, als wäre es der Körper eines anderen, nicht einmal menschlichen, sondern schon eher tierischen Geschöpfes, das sich in diesen Augenblicken mit ihr identifizierte. Ich sagte ihr nichts und gab mir Mühe, es auch mir selber nicht zu sagen. Aber irgendein winziges, unbewußtes Zucken in meinem Gesicht mußte es ihr doch verraten haben, denn sie merkte, daß sie mir auf die Nerven ging, und das versetzte sie in eine dumpfe Wut, während ich mich ebenso dumpf über mein Unbehagen ärgerte sowie darüber, daß sie es mir angemerkt hatte.

Vielleicht war es immer dann, daß wir, um uns abzureagieren, beim erstbesten Vorwand, meistens Eifersucht, den Streit begannen und uns beeilten, die Eifersucht als Ursache des Streits vorzugeben und meine neurotische Unduldsamkeit als Scheingrund zu betrachten, während doch gerade meine Nerven der wahre Grund dafür sein konnten. Ich meine, Ähnliches ereignet sich oft, wenn wir uns mit Angehörigen streiten, die wir von Herzen lieben und die uns vor allem durch die Blutsbande nahestehen, Vater, Mutter, Bruder, Schwester. Aber auch dies ist ein Zeichen dafür, daß Edith und ich uns von Anfang an als Ehepaar betrachteten.

Nach dem Frühstück mußte ich von Virginia Cleaners einen Packen Wäsche abholen. Edith blieb draußen, und als ich wieder herauskam, deutete sie auf einen Zettel im Schaufenster neben ihr: *shopgirl wanted*, Ladenbedienung gesucht. Sie sagte, ich sollte warten, sie wollte mal einen Versuch machen, sich erkundigen: was für eine Art Arbeit, Arbeitszeit, Lohn.

Sie kam schon bald ganz aufgeregt heraus:

»Weißt du, daß sie mich vielleicht nehmen? Ich habe mit Mrs. Wood gesprochen, das ist die Chefin, glaube ich, und mit ihrem Sohn Bruce. Ich glaube, es sind Iren. Ich soll übermorgen früh wiederkommen, dann geben sie mir Bescheid. Sie wollen Referenzen. Ich hab' den Manager von Cole's genannt und auch diese lesbische Kassiererin, eigentlich können sie mich alle beide ganz gut leiden, die empfehlen mich bestimmt. Der Lohn ist leider geringer als bei Cole's: dafür ist um halb sechs Schluß und natürlich Samstag und Sonntag immer frei, also eine viel angenehmere Arbeit, und mit den Maschinen habe ich nichts zu tun, ich muß nur im Laden stehen und die Kunden bedienen, die Pakete machen und manchmal, wenn's nötig ist, eines in die Nähe austragen. Sie haben mich auch gefragt, ob ich einen *pick-up truck* fahren kann.«

»Und das kannst du?« Ein *pick-up truck* ist ein Lieferwagen.

»Natürlich kann ich's. Ich kann einen Wagen fahren. Ich hab' zwar noch keinen Führerschein, aber ich fahre ausgezeichnet und kann ihn machen, wann ich will. In dem Fall bekomme ich natürlich mehr. Nur eines paßt mir an der Sache nicht.«

»Was?«

»Ich gebe Mama fürs Essen und Wohnen etwas von meinem Gehalt bei Cole's, und da ich hier weniger verdienen würde...«

»Wieviel weniger?«

Sie nannte den Betrag. Er war nicht groß.

»Bis du den Führerschein hast und auch nachher, wenn's

dir nicht reicht, gebe ich dir die Differenz«, meinte ich. »Aber unter einer Bedingung.«

»Ich will nichts. Aber ich will die Bedingung wissen. Ich bin gespannt, Herr Professor.«

Statt einer Antwort fragte ich sie, wer ihr das Fahren beigebracht habe. Sie sah mich lachend an:

»Na, alle meine *boy-friends*!«

»Das habe ich mir gedacht: alle deine *boy-friends*.«

»Wieso, meinst du vielleicht, ich hätte keine *boy-friends* gehabt?«

»Gewiß doch, ich habe mich ja in meiner Annahme nicht geirrt. Und das ist meine Bedingung: daß nur ich allein dir von heute an Fahrunterricht gebe, denn ich bin auch Fahrlehrer.«

»Schon recht. Ich will's mir überlegen wegen der Fahrstunden. Aber in Ordnung ist das nicht! Dann bin ich's doch, die dir Geld geben muß!«

Zwei Tage darauf ging sie wie verabredet wieder zum Virginia Cleaners. Und als ich sie gleich anschließend sah, berichtete sie wütend, daß sie lange mit Mrs. Wood und ihrem Sohn geredet habe, ohne zu irgendeinem Ergebnis gekommen zu sein. Nach und nach stellte sich dann aber heraus, daß sie mit ihnen verabredet hatte, die Sache zu verschieben. Nun lag es also nur noch an ihr; sie konnte warten und brauchte sich erst zum Monatsende zu entscheiden, dann würde allenfalls die neue Arbeit mit dem Beginn des neuen Monats zusammentreffen.

Aber sie war sich noch nicht sicher. Wir sprachen jeden Abend darüber. Ich merkte, daß sie mit Freuden bei Cole's kündigen und sogar mit Begeisterung, ging alles gut, den Lieferwagen fahren würde: was ihr ganz und gar nicht paßte, war eben diese geringere Bezahlung! Solange Vaclav noch bei der Marine war und nicht arbeitete, wurden die fünfzig Dollar, die Edith zu Hause abgab, von ihrer Mutter gebraucht, die damit das Wirtschaftsgeld aufbesserte. Alle Mädchen in ihrer Lage, die wie sie arbeiteten und noch zu Hause wohnten, zahlten ihren Eltern etwas. Das ist amerikanischer Brauch.

Ich drängte sie immer wieder, meine Hilfe nicht auszuschlagen. Und ich sagte, sie solle sich darüber keine Gedanken machen. Sie könne es ja als Darlehen betrachten, wenn ihr das lieber wäre. Und mir nach und nach alles zurückzahlen. Doch statt jeder Erwiderung schimpfte sie in einem fort auf diese verdammten Irländer, Mrs. Wood und Sohn, diese Geizhälse und Ausbeuter. Bis wir dann am Vorabend des Tages, an dem sie sich definitiv für ein Ja oder ein Nein entscheiden mußte, eine Diskussion hatten, die gar kein Ende mehr nehmen wollte.

Sie war so erregt, daß sie sich nicht einmal umarmen ließ. Sie trank Whisky, ging in meinem Zimmer hin und her, rauchte ununterbrochen und schimpfte. Endlich blieb sie stehen:

»Bring mich nach Haus«, sagte sie.

Seit dem Abend unserer Wiederversöhnung waren schon zwei Wochen vergangen, und wir hatten immer zusammen geschlafen.

»Warum? Was ist denn los?«

»Ich schlafe zu Hause, wenn du erlaubst.«

»Aber warum?«

»Ich muß es doch meiner Mutter sagen, oder? Daß ich meinen Arbeitsplatz wechsle und das gleiche verdiene. Ich muß ihr doch sagen, daß sie trotzdem ihre verdammten fünfzig Dollar bekommen wird, oder? Gehen wir. Bring mich nach Haus. Beeil dich.«

Ich wollte keinerlei Dank. Aber ich hielt es für absurd, mir auf eine so häßliche Art endlich mitzuteilen, daß sie mein Angebot angenommen hatte. Ich war erschrocken und zutiefst verärgert. Ich kannte sie ja noch nicht. Erst später lernte ich mit großer Mühe, mich über ihre Reaktionen nicht mehr zu wundern, sie zu verstehen, ihre Wesensart zu begreifen. Eine aufgebrachte und rebellische Art immer dann, wenn sie merkt, daß sie liebt und geliebt wird!

Ihre Aufgebrachtheit war also ein Zeichen von Liebe. Aber damals begriff ich das nicht. Während der Fahrt zu ihrem Haus haben wir uns nichts mehr gesagt. Innerlich fluchte auch ich.

Und es kostete mich Überwindung, beim Abschied den Versuch zu machen, ihr einen Kuß zu geben: sie ließ sich kaum anfassen.

Als ich dann allein zurückfuhr, merkte ich, wie mir der Ärger verging. Ich dachte nach. Wohl oder übel hatte sie mein Geld angenommen: zur großen Befriedigung des Europäers mit dem eingefleischten Bürgersinn, dieser kräftigen, immergrünen Pflanze, die mit mir gewachsen war und die heute noch lebt, obwohl ich schon acht Jahre lang amerikanischer Staatsbürger bin.

6

Fast ein Jahr lang war es ganz wie ein Eheleben gewesen. Oh, schon ein sonderbares, aber gewiß nicht einmaliges Beispiel von Zusammensein: mit seinen Höhen und Tiefen, den häufigen Gewittern, Eifersüchteleien, beidseitigen Treuebrüchen und den seltenen, aber doch unausbleiblichen Windstillen; jedenfalls das immer abwechslungsreiche und nie langweilige Leben zweier Menschen, die eine Verschiedenartigkeit von Rasse und Kultur einander faszinierend, wenn nicht sogar komplementär erscheinen läßt, die aber ein ebenso starkes Bedürfnis nach persönlicher Freiheit dazu treibt, sich in eben dem Maße zu streiten, wie sie sich lieben.

Edith schlief in der Virginia Street. Und die Wochenenden verbrachten wir gemeinsam am Meer, auf dem Land, in den Bergen, je nach Jahreszeit. Oder (sie hatte schließlich den Führerschein gemacht und fuhr meinen Wagen und den Lieferwagen der Wäscherei gleichermaßen gut) sie holte mich am Freitagabend von der Universität ab; ich folgte ihr mit meinem Volkswagen bis zu ihrer Garage, und dann fuhren wir zum Abendessen nach Hartford, New Britain, New Haven, Norwich, sogar nach Providence auf Rhode Island, einmal auch nach Boston und einmal nach New York; noch in derselben Nacht kamen wir wieder nach Hause; blieben das ganze Wochenende in Willimantic, und am Sonntagmorgen war ich dann bei ihren Eltern zum Lunch eingeladen.

Das Heim der Sládeks war ein schmerzlich beeindruckendes Musterbeispiel für die Demütigung, die von der großen amerikanischen Konsumgesellschaft jenen wenigen – oder vielleicht auch vielen, wer kann das sagen – Familien zugefügt wird, deren Bedürftigkeit wohl groß, doch nicht so extrem ist, daß sie am Rande der Gesellschaft leben und in die Verwirrung und

Verworfenheit eines wahren Unterproletariats verstoßen würden. Aller Wahrscheinlichkeit nach handelt es sich hier nicht einmal um einen ausgeprägten Grad von Bedürftigkeit: es sind wohl arme Leute, doch mit überkommenen, sinnvollen Lebensgepflogenheiten; Leute, die, wie die Sládeks, die 1939 herkamen, vor relativ kurzer Zeit aus alten mitteleuropäischen Ländern von großer Kultur ausgewandert sind. Nicht mehr jung und nicht aufgeweckt genug, um sich durchsetzen zu können, vielleicht auch zu anständig oder ganz einfach, weil sie kein Glück hatten, war es ihnen lediglich gelungen, sich in den untersten Kreis des riesigen Systems einzufügen; und auch nachdem sie Staatsbürger geworden waren, hatten sie gleich nach der Geburt ihrer Kinder und auf Dauer ein mühsames, sorgenvolles Leben voller Schwierigkeiten.

Ediths Vater war noch keine sechzig, sah aber aus wie achtzig. Ich erlebte ihn immer nur im Sessel, auch bei Tisch. Ein offenes, ruhiges, gutmütiges Gesicht. Und ein blauer, heller Blick hinter den dicken Gläsern mit der gelben Zelluloidfassung; das eine Bügelgelenk war mit Tesafilm verklebt: vielleicht täuschte ich mich, aber die Brille schien mir noch aus Prag zu sein. Und Müdigkeit war in jeder Geste, in jedem Lächeln, in jedem Wort. Ein alter Mann, der keine Hoffnung mehr hatte. Er sprach ein ungeschliffenes Englisch, das sein böhmischer Singsang gefälliger machte und das absolut verständlich war. Beim ersten Besuch blieb ich nach dem Lunch eine Viertelstunde mit ihm allein: Edith war in der Küche und half ihrer Mutter beim Abwaschen. Die Unterhaltung war stockend. Ich wußte, daß er seit einigen Jahren Rentner war. Ich fragte ihn, was für eine Arbeit er getan habe.

»*I was in business*«, antwortete er.

»Ja, aber was für ein *business*?«

»*I was in the garbage business.*« Ich war bei der Müllabfuhr. »Jeden Morgen bin ich um vier Uhr aufgestanden und ging dann bis zum *garbage department*, das war nicht weit. Mit dem Lastwagen, den ein Kollege steuerte, bin ich herumgefahren und habe eingesammelt. Mittags waren wir fertig. Gegen ein Uhr war ich immer zu Hause. Keine schlechte Arbeit.«

Und die Mutter, klein, dick und grobknochig, mit der ganzen Energie, die ihrem Mann zu fehlen schien, der gleichen Energie, wie sie Edith besaß, doch anders als Edith mit einem immerfort pfiffigen Aufblitzen ihrer sehr lebendigen grünen Augen:

»You been to Holy Mass this morning, Professor?« Sie heute morgen Heilige Messe gewesen, Professor?

»Yes.«

»Das stimmt nicht. Edith hat mir doch gesagt, daß Sie nie hingehen. Sie geht ja auch nie hin. Und das ist schlimm. Wir haben eine wunderschöne katholische Kirche hier in der Nähe. Sie sollten sonntags hingehen, Professor! Wenn einer fern von der Heimat ist, braucht er den göttlichen Beistand!« Ihre Worte waren ernst gemeint, hatten aber den Anschein der Scherzhaftigkeit. Das Lachen in ihren Augen zeigte ganz deutlich, daß sie sich keine Illusionen über mich machte: ich war ein Sünder, zumindest aber ein Ungläubiger.

Sie kochte immer ausgezeichnet: ein einfaches und reichliches Essen mit Schweinefleisch, Kartoffeln, Kohl, süßsauren Soßen und als Nachtisch Strudel oder Schokoladencreme, vor allem durften die berühmten *knedliky* niemals fehlen. Getrunken wurde nur Bier, das leichte amerikanische Bier, das auf den Dosen, obwohl in Dosen, die widersinnige Bezeichnung trägt: *draft beer*, Bier vom Faß.

Ich begriff, daß die Sládeks bei ihrem unaufhaltsamen Drang zur Gastfreundschaft für diese Lunchs die größten finanziellen Anstrengungen machten, und das war mir unangenehm und peinlich: aber jeder Versuch, mich dafür erkenntlich zu zeigen, hätte sie beleidigt. In den Staaten schmeckt nur das Frühstück: also aß ich mit gutem Appetit diese böhmischen Gerichte, die so viel schmackhafter waren als mein tägliches Essen und auch die teuren Abendessen in den kleinen Städten von Connecticut. Dabei sah ich auf die mit kräftigem glänzenden Rosa gestrichenen Wände; auf Vaclavs Bild, das ihn als Matrosen zeigt, in einem dicken schwarzen Rahmen auf dem Buffet, mitten in diesem rosafarbenen Einerlei; auf die einsame Hängelampe aus Messingblech mit allen ihren brennenden Lämpchen über dem Eßtisch; auf den großspurigen Bogen, der die Eßecke vom übrigen *living room* trennte; auf den abgetretenen, eingerissenen blutroten Teppichboden; auf das mit geblümter Cretonne bedeckte Sofa und die vier riesigen Kissen aus Glanzstoff in knalligen Farben; auf die zwei goldbefransten unechten Gobelins, die, rechts und links über dem Sofa, ein wenig schief an der Wand hingen. Ich sah auf diese pompöse und armselige Einrichtung, obligatorische Vortäuschung eines ebenso obligatorischen wie nicht vorhandenen Wohlstands: und stellte mir dabei vor, wie anheimelnd das Haus gewesen sein mußte, das die Sládeks aufgegeben, aber nicht vergessen hatten, ihr Heim in Mělník, einem Prager Vorort. Ich bin noch nie in der Tschechoslowakei gewesen, und so war meine Vorstellung nur vage, konfus. Der Wohn- und Eßraum der Sládeks in Mělník entstand in meiner Phantasie, vielleicht als Erinnerung an irgendeinen tschechischen Film, jedesmal dann, wenn ich dem wienerischen, verschmitzten Lächeln von Ediths Mutter oder dem müden Lächeln ihres Vaters, seinem gelben, mit Tesafilm befestigten Brillenbügel mit meinen Blicken begegnete.

Außer dem *living room*, der Küche und dem Bad gab es nur noch zwei Zimmer. Im Elternzimmer hingen ein Kruzifix, der heilige Wenzel, das berühmte Jesuskind von Prag sowie die nicht minder berühmte Schwarze Madonna von Tschenstochau, die ich nur flüchtig ansah und deren Vorbedeutung ich nicht erkannte: zwei Jahre danach sollte Edith vor einer anderen Schwarzen Madonna meine Frau werden. Kam Vaclav nach Hause, schlief er auf dem Sofa. Auf der Fotografie, die ich jetzt aus der Nähe betrachtete, sah er fast wie ein Junge aus: mit T-Shirt und weißer Mütze auf dem Oberdeck eines Flugzeugträgers, ein entschieden weibliches Lächeln, die überlangen Arme vorgestreckt, als wollte er jemanden, der auf ihn zukam, an die Brust drücken. Ich las die Widmung: *To mummy, dad and Edith: A hug to all three of you!* Für Mama, Papa und Edith: Ich umarme euch alle drei!

Ediths Zimmer hingegen war voller Fotos von Anna; zwei große hinter Glas und dann noch eine Menge überall verteilt: auf dem Nachttisch, auf der Kommode und sogar in den Spiegelrahmen hineingesteckt. In den Schubladen hatte Edith auch noch welche, und jedes Mal zeigte sie mir irgendeines, das ich noch nicht kannte. Eigenartigerweise sah ich immer nur ein hübsches, großes und ein wenig kuhäugiges Weib, mehr nicht. Natürlich tat ich bewundernd. *»Hey, don't you like Anna?«* He, gefällt dir denn Anna nicht? Aber wenn ich in meiner Antwort ehrlich gewesen wäre, hätte ich Edith sagen müssen, daß mir Anna ein wenig intelligentes Mädchen zu sein schien.

Später habe ich mich gefragt, wieso kein einziges dieser Fotos mich auch nur irgendwie hatte ahnen lassen, daß mir Anna vielleicht gefallen könnte, mir überhaupt irgendein Abbild der Realität, irgendeinen auch noch so kleinen Hinweis auf den Schock gegeben hatte, den ich erhielt, als ich mich am Altar umdrehte und sie zum erstenmal sah. Zunächst dachte ich, eine Frau gefällt wegen des geheimnisvollen Fluidums, das von ihr ausgeht, und nicht etwa wegen ihrer äußeren Erscheinung, die so schön sein, oder auch dem Frauenideal, das sich ein jeder Mann macht, so sehr entsprechen kann, wie sie mag. Aber dann habe ich es begriffen. Meine Blindheit ist anders zu erklären. Ich betrachtete die Fotografien ja kaum. Edith interessierte mich, nicht ihre Freundinnen. Vor allem interessierte mich jene Anna nicht, obwohl sie ihre einzige wahre Freundin war. Ganz im Gegenteil, jene Anna war mir, da sie Italo-Amerikanerin war, sogar unsympathisch. Mehr noch: Mich irritierte, daß Edith mich beharrlich immer wieder mit einer Italienerin gleichsetzte, die nicht im entferntesten auf die gleiche Art italienisch war wie ich: um das zu verstehen, reichten mir diese Fotos wahrhaftig! Kurzum, ich war eifersüchtig auf Ediths pseudoitalienische Freundschaft.

Kam ein Brief von Anna – und es kamen dauernd welche, aus Lima, São Paulo, Buenos Aires –, war Edith jedesmal ganz glücklich, las sie mir begeistert vor und gab sie mir danach, damit ich sie noch einmal las. Um sie zufriedenzustellen, überflog ich sie hastig. Die Schrift glich derjenigen Ediths, aber nicht, weil sie etwa gemeinsam zur Schule gegangen waren, sondern vielmehr, weil in jedem Land mit einer organischen Zivilisation alle Mädchen fast die gleichen Schriftzüge haben. In Amerika sind sie schräg, eckig, regelmäßig, klar; nur wer mehr Bildung besitzt oder individualistisch sein will, erfindet sich mehr oder minder bewußt etwas anderes und eigenes. Wie auch immer, da ich nun einmal beschlossen hatte, Anna unsympathisch zu finden, fand ich auch ihre Schrift unsympathisch. Sie war gefälliger und sicherer als Ediths Schrift. Wimmelte aber ebenso von orthographischen und grammatikalischen Fehlern. Doch während mich Ediths Fehler rührten, ärgerten mich Annas Fehler aus besagter instinktiver Eifersucht, ja, ich empfand sogar dabei eine fast sadistische Freude und unterließ es nie, mit pedantischer Genugtuung Edith einige davon mitzuteilen. Natürlich wollte ich nur scherzen, und Edith lachte mit. Wieder täuschte mich meine Oberflächlichkeit! Wieder war es die Schuld meines damaligen schläfrigen Bewußtseins. Nur allzu gern glaubte ich in jener Zeit, daß alles nur ein Scherz sei. Und erst jetzt habe ich bei der Erinnerung daran ein unheilbar schlechtes Gewissen. Meine Pedanterie war kein Scherz, sie war eine Niedertracht. Edith litt darunter, fühlte sich verletzt und gedemütigt, und ich merkte davon nichts, weil ich so sehr in meinem Egoismus verschlossen war. Bis Edith mich an einem Sonntag gerade wegen eines jener Briefe zu Annas Mutter schleppte.

Das Haus der Russos war ganz in der Nähe des Sládekschen Hauses, man braucht nur um die Ecke zu biegen: nicht zufällig waren Anna und Edith Freundinnen geworden. Jahrelang, erst als Kinder und dann als Mädchen, als sie den Kindergarten, die Grundschule, die Mittelschule besucht hatten, waren sie gemeinsam fortgegangen und wieder nach Hause gekommen. Annas Mutter war jetzt Witwe und wohnte allein. Sie lebte von der Rente, einem kleinen monatlichen Zuschuß, den ihre einzige Tochter auch aus der Ferne schickte, wenn sie Arbeit hatte, und von dem, was sie als Zugehfrau bei einigen Leuten in Willimantic oder Storrs, vorwiegend Professoren, noch verdiente.

An jenem Sonntag waren wir also zum Lunch bei den Sládeks, und Edith hatte einen Brief von Anna vorgefunden: einen ganz langen Brief aus einer anderen Stadt in Südamerika, der nach einem ungewöhnlich langen Schweigen eingetroffen war.

Noch bevor wir zu Tisch gingen, las Edith ihn begierig, diesmal aber nicht laut: sicher, weil die beiden Alten da waren. Als sie ihn gelesen hatte, faltete sie ihn zusammen und steckte ihn nachdenklich wieder in seinen Umschlag. Sie sagte nur, daß sie von Anna gebeten worden sei, bei ihrer Mutter vorbeizuschauen, um sie zu beruhigen, weil sie auch ihr schon lange nicht mehr geschrieben hatte.

Nun, Edith wußte genau, daß ich keine Lust hatte, sie dorthin zu begleiten. Sie traute sich nicht, mich darum zu bitten. Doch ich sah, daß es ihr lieb gewesen wäre, und so bot ich mich an. Wie stets hatte ich zu viele *knedliky* gegessen und wollte nur nicht darauf verzichten, was sonntags zur Gewohnheit geworden war, wenn wir in Willimantic blieben: nach dem Lunch bei den Sládeks nach Hause zurückzukehren und ausgiebig zu schlafen. Aber ich bot mich an, sie zu Annas Mutter zu begleiten. Und eben darum, als täte mir meine Großmut schon wieder leid – jawohl, Großmut, ich glaubte, großmütig zu sein! –, wollte ich mir im vorhinein eine kleine Belohnung, eine kleine Rache gönnen: scherzend, wie immer scherzend, ach!

Der alte Sládek schlummerte in seinem Sessel. Edith war, wie sonst auch, in die Küche gegangen, um der Alten zu helfen, und hatte mir Annas Brief gegeben. Die anderen Briefe hatte ich nie richtig gelesen, und wenn Edith sie mir vorlas, hatte ich auch nie richtig zugehört. Aber diesmal wußte ich nichts Besseres, um die Zeit herumzubringen.

Es war ein sehr trauriger Brief, und was darin stand, erklärte auch das lange Schweigen. Er bezog sich auf etwas, über das sie sicher schon vorher geschrieben hatte, aber ich konnte mich nicht mehr daran erinnern: sie sprach von ihrem ungewissen, bewegten Verhältnis mit einem, der mit der Show zu tun hatte, ob als Veranstalter oder Schauspieler, war mir nicht klar, dessen Name nur mit den Anfangsbuchstaben angegeben war. Sie schrieb, alles habe ein schlechtes Ende genommen, einschließlich der Arbeit; und ihre bisher unentwegte Hoffnung, einen entscheidenden Schritt vorwärtszukommen, also in der Darbietung endlich »eine eigene Nummer« zu bekommen, habe sie nun auch aufgegeben. Vielleicht würde sie den Durchbruch überhaupt nie schaffen: sie befürchtete es schon.

Beim Lesen konnte, mußte ich eigentlich Mitgefühl empfinden. Statt dessen blieb ich ungerührt. Anna interessierte mich wirklich nicht. Das einzige, was in dem ganzen pathetischen Brief Eindruck auf mich machte, war ein grober Schnitzer, ich weiß nicht mehr, welcher. Immerhin hatte meine noch mangelhafte Kenntnis des Englischen ausgereicht, ihn mich erkennen zu lassen.

Als Edith wiederkam, mußte ich wieder einmal frotzeln; die Mutter war ja in der Küche geblieben, und der Alte schnarchte mittlerweile. Und Edith lachte wie gewohnt. Aber auf eine Art, die mir für einen Augenblick ein klein wenig anders vorkam als sonst. Hatte ich sie wirklich verletzt? Doch Edith lachte immer noch, und ganz frei heraus. Nein, sagte ich mir, es ist alles gutgegangen: mein Zweifel war nur eine Nervensache gewesen! Im nächsten Augenblick dachte ich schon nicht mehr daran. Jetzt erst weiß ich, daß ich mit meinem Frotzeln entschieden zu weit gegangen war!

Annas Mutter war eine alte Sizilianerin: aber groß. Groß wie die Tochter: aber mager. Mit grauen Augen, sonderbar durchdringendem Blick und einem überaus sanften Lächeln. Weißes, straff über den Kopf gezogenes Haar, im Nacken der althergebrachte Knoten. Mit ihr sprach ich italienisch, sie konnte kaum Englisch. Sie wollte uns unbedingt einen Kaffee mit der Napoletana machen: er war nicht viel besser als bei den Sládeks. Zum Glück dauerte der Besuch nicht lange. Wieder war alles gutgegangen. Und wir kamen noch rechtzeitig zum Mittagsschlaf nach Hause. Die Überraschung erfolgte erst einige Abende später.

Zweimal wöchentlich mußte ich immer wegen eines Seminars bis um sieben in der Universität bleiben. Wir hatten ausgemacht, daß mich dann Edith nicht abholte: wir trafen uns zu Hause.

Sie war nicht da. Erst gegen neun Uhr machte ich mir Sorgen. Ich rief bei den Sládeks an. Ihre Mutter war am Apparat: Edith hatte sich nicht blicken lassen und auch nicht telefoniert. Obwohl ich Hunger hatte, widerstand ich ohne weiteres der Versuchung fortzugehen und aß nur etwas Kaltes. Um zehn Uhr rief ich noch einmal an, später hätte ich es gewiß nicht mehr getan. Wieder war die Mutter am Apparat. Sie schien nicht im mindesten beunruhigt. »Sie wird irgendwo hingegangen sein«, und während ich den Singsang ihrer Worte hörte, sah ich im Geist das verschmitzte Aufleuchten ihrer grünen Augen. »Warum versuchen Sie es nicht bei Mrs. Russo? Die Nummer steht im Telefonbuch.«

Ich versuchte es. Das Freizeichen kam, aber niemand antwortete. Ich wählte noch einmal und ließ es lange klingeln. Nichts. Ich hatte das Bedürfnis, aus dem Haus zu gehen, zu laufen. Aber ich fürchtete, ihr könnte etwas passiert sein und sie würde mich vielleicht anrufen: nein, ich mußte schon zu Hause bleiben. Ich entschied mich, zu lesen und zu arbeiten.

Gegen ein Uhr übermannte mich die Müdigkeit. Ich warf mich angekleidet aufs Bett, machte das Licht aus, die Müdigkeit wich schlagartig. Ich knipste fortwährend das Licht an, sah auf die Uhr, machte das Licht wieder aus und hoffte jedesmal vergeblich, Schlaf zu finden.

Allmählich schlummerte ich ein. Das Telefon klingelte. Es stand am Kopfende des Bettes. *»Hello! Hello!«*

Nichts. Aber ich glaubte doch, ein leichtes Atmen zu hören. Etwa nach zehn Sekunden hörte ich dann jedenfalls nichts mehr. Vielleicht war es Edith gewesen. Diese Wahrscheinlichkeit tröstete mich trotz allem. War sie es gewesen, dann war ihr auch nichts passiert: sie hatte meine Nummer gewählt, um mich zu beruhigen. Aber wo war sie? Und bei wem war sie? Schon wieder der verdammte Elektriker, *the engineer?* Oder, wer weiß, Bruce Wood, Sohn der Besitzerin der Virginia Cleaners? Ein hübscher Junge, dunkelhaarig, lässig. Ohne weiteres möglich, daß Edith bei ihm war. Oder bei wem sonst? Denkbar war alles. Und in meiner Verzweiflung suchte ich nach einem Halt, in meiner Niedergeschlagenheit nach einem Rettungsanker: ach, sagte ich mir, diese Geschichte muß über kurz oder lang doch zu Ende gehen, und wenn es schon sein muß, dann lieber früher als später... Nein; ich wehrte mich dagegen. So sollte sie jedenfalls nicht zu Ende gehen! Da gibt es doch weniger rohe, weniger grausame Arten. Und wieder wollte ich resignieren, ohne mir Zeit zu lassen: sagte mir freilich, daß jede Art von Trennung inzwischen grausam wäre. Sie ohne Schmerz ertragen zu wollen, war nur eine dumme Illusion.

Doch das schwache Atmen, das ich im Telefon gehört hatte, war keine Illusion gewesen... Mit dieser Hoffnung schlief ich gegen Morgen ein, immer noch angezogen.

Ich sah Edith am nächsten Morgen bei Virginia Cleaners. Taufrisch wie eine Rose, geradezu unverschämt. Und zu allem Überfluß war auch noch Bruce Wood da. Als Edith mich sah, bat sie ihn gleich um die Erlaubnis, für einen Augenblick mit mir bis zum Drugstore an der Ecke gehen zu dürfen. Ich beobachtete aufmerksam die Blicke der beiden. Wenn ich ehrlich sein will, kann ich nicht behaupten, irgend etwas Ungewöhnliches bemerkt zu haben.

Draußen, auf der Straße, kam Ediths Erklärung rasch und

einfach, ebenso unglaubhaft wie glaubhaft: Annas Mutter hatte sich nicht wohlgefühlt, sie war zu ihr gegangen, um ihr Gesellschaft zu leisten, und sie hatte auch bei ihr geschlafen.

»Du hast doch gewußt, daß ich zu Hause auf dich warte«, sage ich und sehe sie forschend an. »Warum hast du mich dann nicht angerufen?«

»Weil das Telefon von Mrs. Russo kaputt ist.«

»Das weiß ich auch. Deine Mutter hat mir gesagt, daß du vielleicht dort seist, und ich habe angerufen. Aber hast du nicht einen Augenblick fortgehen können, um von dir zu Hause aus anzurufen?«

Natürlich kommt mir schlagartig die Erkenntnis, daß dies alles eine im voraus zurechtgelegte Verteidigungsstrategie ist: Ediths Mutter hatte mir am Telefon das gesagt, womit Edith sie beauftragt hatte, falls ich anrufen würde! Und Mrs. Russo sollte den Hörer nicht abnehmen, wenn das Telefon klingeln würde! Aber wie soll ich das jetzt feststellen können?

Edith sah mich an und lächelte ganz ruhig.

»Du lügst ja!«

Ihr Lächeln wurde im Handumdrehen giftig:

»Sag doch, daß du es gern hättest, wenn ich dich belügen würde. Du wartest ja nur darauf. Du bist ein ekelhafter, verdammter Scheißkerl. Du bist nur auf Huren aus, hättest wohl gern, daß ich auch eine wäre, deshalb hast du dich für mich interessiert. Mich hättest du aus dem Spiel lassen können. Reicht dir nicht die eine?«

»Welche eine?«

»Ach ja, wie heißt sie doch, deine Scheißassistentin!«

»Shirley? Die ist ein anständiges Mädchen.«

»Die ist zum Kotzen, genauso wie alle anderen, mit denen du zusammen warst. Glaubst du vielleicht, ich weiß das nicht? Ich hab' schon immer alles gewußt. Ich weiß auch, daß du noch mit ihr gehst. Und gesehen hab' ich sie auch: wenn sie mir über den Weg läuft, erkenne ich sie!«

»Du spinnst, Edith.«

»Du spinnst, du, wenn du glaubst, daß ich dich noch mal sehen will. *Goodbye.*« Und sie lief in die Wäscherei zurück.

Ich ging zu meinem Wagen, den ich zu Hause hatte stehenlassen, und fuhr zur Universität. Also adieu, Edith. Alles zu Ende. Und so zu Ende, wie ich es nun wirklich nicht hatte haben wollen: auf die vulgärste und brutalste Art. Es war Freitagmorgen. Mir kam gleich der Gedanke, den Abend mit Shirley zu verbringen, ja, sie übers Wochenende irgendwohin mitzunehmen. In der augenblicklichen Wut schien es mir wie ein erster Stein über Ediths Andenken, um sie dann so rasch wie möglich zu vergessen.

In der Universität sah ich Shirley wie stets schon vor der Vorlesung. Doch bei ihrem bloßen Anblick verging mir die Lust, und ich sagte nichts: ich begriff, daß es nichts genützt hätte, mit ihr den Abend oder auch das ganze Wochenende zu verbringen. Ein eigenartiger Mechanismus hatte folgendes zuwege gebracht: bis zu jenem Abend hatte ich mich seit einiger Zeit mit Edith ganz ruhig gefühlt, war ihrer Zuneigung und Treue sicher gewesen; und in dieser Verfassung hatte ich in den täglichen Stunden, in denen ich mit Shirley arbeitete und sie neben mir hatte, gemerkt, daß ich auch sie begehrte: freilich mit jener unbeschwerten Oberflächlichkeit, die eben aus meiner Unbesorgtheit in bezug auf Edith herrührte. Die schmale Metalltür zu meinem kleinen Arbeitszimmer in der Universität blieb abgeschlossen. Zwei Schreibtische standen darin, einer für Shirley, einer für mich. Hie und da schmusten wir, küßten uns; gegen Abend, wenn die Seminare zu Ende waren und die Studenten den Campus schon verlassen hatten, liebten wir uns sogar bisweilen, wenn auch mit einiger Unbequemlichkeit. An diesem Tag wäre mir das jedenfalls unmöglich gewesen. Shirley wußte über Edith Bescheid: an meiner Stimmung erriet sie, daß irgend etwas vorgefallen war, und so gingen wir ohne die gewohnten Zärtlichkeiten auseinander.

In dieser ersten Nacht hatte ich überhaupt keine Lust, allein schlafen zu gehen. Ich rief einen italienischen Freund aus reicher Familie an, der in Cambridge am M.I.T. studierte und in Boston eine kleine Wohnung hatte, wo ich schon sein Gast gewesen war. An diesem Abend gab er gerade eine Party; auch wenn ich spät käme, würde er sich freuen: »Du wirst Frances treffen, sie fragt mich immer nach dir, du hast Eindruck auf sie gemacht.« Frances war eine reife Frau, geschieden oder verwitwet, eine Intellektuelle, die in Italien und in alle italienischen Intellektuellen verliebt war: dunkelhaarig, schön, elegant, kultiviert und steinreich. Das letztemal hatten wir uns nur flüchtig gesehen, aber gleich Sympathie füreinander empfunden. Vielleicht war sie das Gegenmittel, das ich brauchte. Es erwies sich als wirksam. Ich fuhr nach Boston. Die Nacht nach der Party verbrachte ich bei Frances. Unerwarteterweise überkamen mich beim Aufwachen am nächsten Tag Traurigkeit und Sehnsucht nach Edith. Ich hatte eigentlich, was ganz natürlich gewesen wäre, bis Sonntagabend in Boston bleiben wollen – ich fuhr noch Samstag am Spätnachmittag weg. Und dank jenes Zaubers – Instinkt oder Schicksal? –, der die Verliebten nie verläßt und sie schier verfolgt, kam ich gerade rechtzeitig nach Willimantic, um Edith ganz zufällig zu begegnen. Es war schon dunkel. Kurz vor Willimantic befindet sich ein Restaurant an der Straße nach Boston. Ich hatte angehalten und mir ein paar Sandwiches gekauft, um sie nach Hause mitzunehmen. Beim Hinausgehen stieß ich auf eine lärmende Gruppe von Mädchen und Jungen, die gerade hereinkamen, ja, ich mußte mitten durch sie hindurch: als letzte, Arm in Arm, Edith und Bruce Wood. Edith sah mich im selben Augenblick wie ich sie; aber sie begrüßte mich mit lauter Stimme: *»Hello, Edward!«* und lachte mit der gleichgültigen, übertriebenen Herzlichkeit dessen, der zuviel getrunken hat, während ich... War es mir gelungen, ihren Gruß zu erwidern? Ich weiß es nicht mehr. Sollte ich jedoch gelächelt haben, dann muß mein Lächeln auf sie wie eine Grimasse gewirkt haben. Ich verkroch mich in ein Kino und aß meine Sandwiches während der Vorführung.

Am nächsten Morgen rief ich Edith an. Sie schlief. Ich bat

die Mutter, ihr auszurichten, sie solle mich gleich anrufen, wenn sie wach sei. Den geeigneten Vorwand hatte ich. Gegen ein Uhr rief sie an. Ich sprach ganz ruhig, hatte mich darauf vorbereitet: »Du hast einen Pulli, deine weißen Schuhe und noch andere Sachen hiergelassen. Magst du nicht kommen und das alles abholen? Wir können doch gute Freunde bleiben, oder?«

»Natürlich. Ich komme um vier. Recht so?«

Ich erwiderte, es wäre mir ganz recht, und war ehrlich überzeugt, daß es eine sehr traurige Szene geben würde: ein Abschied, der von Vernunft bestimmt war, wie ich ihn naiverweise bei uns beiden für möglich hielt. Doch kaum hatte sie meine Wohnung betreten, sah ich etwas Neues in ihrem Gesicht: ein verhaltenes Lächeln, einen unsicheren Blick, eine Blässe, die anders war als sonst. Die Spuren von Bruce Wood, das war es, was ich sah und nicht ertragen konnte. Zum erstenmal in meinem Leben hatte ich das Bedürfnis zuzuschlagen. Sie schlagen? Sie schlagen in der Wahnvorstellung, daß sie dann wieder so sein würde wie vorher? Absurd, ungeheuerlich und lächerlich. Aber es war, als könnte ich mich nur äußern, indem ich sie schlug, und schlagen war mir zuwider. Alle diese Überlegungen machte ich in einem einzigen Augenblick, und während ich mir die größte Mühe gab, mich zurückzuhalten und nicht zuzuschlagen, merkte ich nicht einmal, wie ich schrie:

»Du bist mit Bruce Wood zusammen gewesen, bestreite es doch, wenn du dich traust!«

»Ich bestreite es! Mit Bruce hat es nichts gegeben!«

Sie allein schon diesen verhaßten Namen aussprechen zu hören, den sie vielleicht, den sie bestimmt beim Liebesakt geflüstert hatte, war für mich, als würde ich bis aufs Blut gepeitscht. Ich schrie wieder:

»Sei wenigstens still!«

»Und wo warst du die vorletzte Nacht? Am Telefon hast du doch nicht geantwortet!«

»Ich war in Boston bei einem Freund, bei einem italienischen Freund, von dem ich dir schon erzählt habe. Aber warum hast du mich heute nacht nicht angerufen, nachdem wir uns vor dem Restaurant begegnet waren und du gesehen hast, daß ich zurück bin? Wie? Warum hast du mich nicht angerufen?«

Sie sammelte sich einen Augenblick, wie um die beste Art zu wählen, mich zu verletzen. Dann sah sie mir gerade in die Augen:

»Weil ich mit Bruce zusammen war.«

»Also doch!«

»Ja, aber nicht im Bett. Hättest du mich um Mitternacht angerufen, hättest du mich sprechen können!«

Ich sah, daß sie log. Woran ich das sah? An der Heftigkeit ihrer Antwort, daran, daß sie auf mich zuging, an dem bösen Aufblitzen ihrer dunkelblauen Augen. Sie forderte mich heraus. Sie sah mich mit der gleichen Aggressivität an, mit der sie auch das Gegenteil hätte sagen können: »Ja, ich bin mit Bruce gewesen, ich bin mit ihm im Bett gewesen! Ich hab' mich ficken lassen! Er hat mich gefickt!« Auch wenn sie nicht log, wollte sie mich jedenfalls glauben machen, daß sie log: weil sie als äußersten Liebesbeweis eben jene Gewalttätigkeit von mir forderte, die mir so sehr widerstrebte, die ich aber auch wollte.

»Ja, um Mitternacht!« schrie ich. »Mittags, willst du sagen!«

»Nein, Mitternacht! Nachdem wir uns vor dem Restaurant begegnet waren, bin ich nach Hause gerannt, weil ich auf deinen Anruf gewartet habe!«

»Ich war im Kino, ich war wütend, ich hab' dich doch heute früh angerufen. Oder?«

»Zu spät! Du kommst immer zu spät, du Trottel!«

Ich gab ihr eine Ohrfeige. Sie gab sie mir zurück, noch stärker als die meine; noch stärker auch darum, weil ich nicht darauf gefaßt war. Man ist nie auf Unangenehmes gefaßt. Man ist stets naiv, wenn man nicht einmal die Erfahrung hat, sich so etwas vorstellen zu können. Für mich war dies nun etwas ganz Neues: Ohrfeigen, Faustschläge, Fußtritte, gegenseitige Beschuldigungen, Beschimpfungen, sie bestritt ihre Untreue, ich bestritt die meine. Als sie einem Schlag ausweichen wollte, rutschte sie aus und fiel hin. Auch ich fiel hin und schlug weiter auf sie ein, während sie mich kratzte und biß. Aber unsere Körper, jetzt aneinandergedrängt, atmeten gemeinsam, und der Kampf wandelte sich rasch in etwas anderes, das geradewegs dem Ziel des Kampfes entgegenstrebte und ihn bis zur äußersten Konsequenz führte: zur wahnsinnigen, abstrakten, himmlischen oder teuflischen Illusion, daß es möglich sei, indem wir uns körperlich vereinten, vernichtet zu werden und anders, als wir noch bis vor einem Augenblick gewesen waren, wiederzuerstehen. So sah wenigstens meine Wahrheit aus. Doch leider weiß ich nicht, ob es auch Ediths Wahrheit war.

In der Folge habe ich aus realer Erfahrung gelernt, daß es auch eine entgegengesetzte Art des Liebens gibt: den Menschen, mit dem wir uns in Lust vereinen, innig zu lieben, wie er ist und weil er so ist, ohne den mindesten Wunsch, ihn zu ändern, ja, sogar mit der Bitte ans Schicksal, ihn unverändert zu erhalten.

Vielleicht war dies gerade Ediths Art, mit mir zu schlafen: so, wie sie es mit mir empfand. Ganz gewiß nicht das, was ich mit ihr empfand. Es war nicht meine Art. Doch meiner Liebe zu ihr bin ich gewiß, der einzigen und größten in meinem ganzen Leben.

Nachdem wir uns geschlagen und geliebt hatten, ruhten wir uns ausgestreckt auf dem Bett aus, regungslos nebeneinander liegend. Wir berührten einander mit den Fingerspitzen, als könnten wir so und nur so jene geheimnisvolle Strömung herstellen, die uns verband. Als sich dann endlich unsere Blicke in der großen Stille des Sonntagnachmittags in diesem Städtchen von New England und in der Glückseligkeit des unausgesprochenen und sogar ungedachten Verzeihens wieder trafen, so erinnere ich mich, sah ich ihr in die dunkelblauen Augen, die noch voller Tränen standen, und fragte mich ganz ruhig, was ich nun eigentlich glauben sollte. Hatte sie mich betrogen? Betrog sie mich? Vielleicht ja, vielleicht nein. Eigentlich war ich gar nicht neugierig darauf. Im einen wie im andern Fall schien mich Edith aber mit Sicherheit zu lieben. Ich weiß: daß sie mich liebte, war gerade das Risiko, das es zu vermeiden galt. Aber zugleich war es auch das, was ich mir auf der Welt am meisten wünschte. Und das weiß ich auch jetzt erst, in der Erinnerung. Wie es mir jetzt in der Erinnerung ebenfalls sicher scheint, daß Edith in der Nacht, in der sie verschwunden war, und in den unmittelbar darauffolgenden Nächten, mit wem auch immer sie diese verbracht hatte, sich nicht so sehr für meine Beziehungen - die sie erriet oder vermutete - zu Shirley und anderen Mädchen hatte rächen wollen, sondern vielmehr für meine schulmeisterliche Ironie, mit der ich mich über Annas melancholischen Brief lustig gemacht hatte. Ich hatte über ihre große Freundin und sie selbst gespottet: klar, ich hielt mich für haushoch überlegen!

Der Sommer war vorbei, ein guter Teil des Herbstes war vorbei, das Ende des Trimesters stand bevor, und wir näherten uns den Weihnachtsferien. Im Juni des nächsten Jahres, 1962, ging mein Lehrauftrag in Storrs zu Ende, und ich würde nach Italien zurückkehren. Mit ihren Höhen und Tiefen und mit immer zärtlicheren Versöhnungen und heftigeren Gegensätzen schien unsere Liebe ganz für sich allein zu wachsen: wenn wir nach jedem Streit wie Mann und Frau wieder zusammen schliefen, knüpften wir das unfreiwillige Band, das uns zusammenhielt, nur noch fester.

Untreue oder vermutete Untreue - ich hatte niemals einen Beweis, weder im einen noch im andern Sinn -, Untreue oder vermutete Untreue von Edith gab es auch weiterhin noch genug. Und ich betrog sie ebenfalls. Zum Beispiel mußte ich im November eine Woche lang Vorlesungen und die dazugehörigen Seminare an der Universität von Rutgers in New Jersey abhalten. Edith hatte vergeblich versucht, von der Wäscherei ein paar Urlaubstage zu bekommen, um mich zu begleiten. Ohne ihr Wissen nahm ich Shirley mit, die mir im übrigen bei den

Seminaren nützlich, wenn nicht gar unentbehrlich war. In dieser Woche schlief ich mit Shirley jede Nacht. Wir hatten in demselben Hotel getrennte Zimmer. Vorher und nachher ging ich bei verschiedenen Gelegenheiten auch noch mit anderen Mädchen ins Bett. Aber was hatte das schon zu sagen?

Vorsichtig und gewissenhaft, was jede Einzelheit betraf, sorgte ich allerdings dafür, daß Edith nichts von meinen Eskapaden erfuhr. Jedwede Versuchung hörte auf, eine Versuchung zu sein, wenn nur die geringste Gefahr bestand, daß Edith etwas bemerken könnte. Und dies nicht nur, weil ich Angst vor ihrer Eifersucht und ihrer Rache hatte, sondern mehr noch, weil ihr Schmerz auch mein Schmerz gewesen wäre. Ich weiß schon, daß ich mich dadurch dem Verdacht der Heuchelei aussetze. Aber es ist die reine Wahrheit: im Grunde fühlte ich mich nicht schuldig, hatte nicht das Bewußtsein, sie zu betrügen. Geradeso, als wäre Edith eine Mutter oder Schwester, die ich mehr als alle anderen Menschen auf der Welt liebte, wenn auch auf eine ganz andere Art, aber jedenfalls unendlich viel mehr. Und für mich war auch keinerlei Gegenseitigkeit möglich. Ich war in höchstem Maße eifersüchtig auf Edith. Jede Spur von Verdacht, daß sie mich betrügen könnte, jagte mir Angst und Schrecken ein. Dabei schloß ich aus, daß ihre jeweilige eventuelle und von mir nur vermutete Untreue meiner jeweiligen realen, konkret vollzogenen Untreue auch nur im entferntesten ähnlich sein könnte. Wahnsinn? Ich hielt es, ganz im Gegenteil, für Weisheit und beruhigte mich mit den Worten eines alten Freundes und großen Dichters: »Der Mann ist Bewegung, die Frau *bewahrt.*« In jenen Jahren feierte der Feminismus noch keine Triumphe, und über das flüchtige Vergnügen hinaus hatten die anderen Mädchen für mich keinerlei Bedeutung. Oder doch, sie hatten eine Bedeutung, eine einzige und ganz große: sie waren auf eine eigenartige Weise verbunden mit der Liebe, die ich für Edith empfand.

Wieder einmal muß ich den Sinn einer Realität erläutern, die mir damals entging. Damals sagte ich mir einfach ganz dumm, daß ich eben so beschaffen, schwach und zwiegespalten, ein wenig schizophren sei. Nach langen und quälerischen Überlegungen, in all den vielen Jahren bis heute, glaube ich begriffen zu haben, wie es bei mir, aber auch bei sehr vielen anderen Männern und (das ist meine letzte Entdeckung) auch bei einer Vielzahl von Frauen aussieht. Die unlösbare Liebe, die uns zuweilen mit einem einzigen Menschen verbindet, schließt den Verlust unserer Freiheit mit ein, und wir empfinden unser Verliebtsein in diesen Menschen am meisten immer dann, wenn wir versuchen – wohl wissend, daß es nur ein Versuch ist –, uns von ihm zu befreien. In diesem Sinn ist also jede vorübergehende Untreue eine teuflische Art von Treue. Teuflisch, das heißt grausam nur gegen uns selbst: denn es ist absolut erforderlich, daß der von uns einzig geliebte Mensch nichts davon erfährt.

Zu jener Zeit war meine Lage jedenfalls noch verworrener. In den ersten beiden Jahren, in den beiden Jahren von Storrs, konnte ich noch nicht einsehen, daß es *unnötige Befreiungsversuche* von mir waren: ich glaubte jedes einzelne Mal an die Möglichkeit eines tatsächlichen Gelingens. Und dann war es so, daß im Frühjahr 1962, je mehr sich der Zeitpunkt meiner Rückkehr nach Italien und damit des Abschieds von Edith näherte, alle anderen ihren Zauber für mich verloren, angefangen mit Shirley oder Frances bis zu denen, die mir sonst am meisten gefallen hatten. Was für ein Bedürfnis nach Freiheit hatte ich eigentlich, wenn ich doch wußte, daß ich diese Freiheit leider Gottes für immer haben würde, sobald ich überm Ozean war und das Leben mich von Edith getrennt hatte? Ich glaube, daß ich von Februar bis Juni so treu gewesen bin wie der treueste aller Ehemänner.

Natürlich war mir gerade in diesen letzten Monaten auch der Gedanke an eine Heirat gekommen. Aber vor Edith schwieg ich. Ich zauderte. Kurz vor meiner Rückkehr nach Europa und einer Trennung, deren Ende wir uns nicht vorzustellen wagten, waren unsere nächtlichen Zwiegespräche voller Zärtlichkeit.

Ich hätte so gern in aller Offenheit mit ihr gesprochen, ihr meine Beklemmung gestanden, meine Lage erklärt. Doch sollte ich ihr falsche Hoffnungen machen?

In Italien wartete Arbeit auf mich: eine Vertretung an einem Realgymnasium in Mailand oder in der Nähe von Mailand, vielleicht auch eine Stelle an der Universität als Assistent meines alten Professors Federico Olivero jun., meines Doktorvaters. Doch das Gehalt würde, besonders anfangs, nur niedrig sein. Und für meine Mutter mußte ich auch sorgen. Sie hatte fast zwei Jahre lang von der Vermietung einer kleinen Wohnung gelebt, die mein väterliches Erbe war, vom Verkauf einiger wertvoller Gemälde und Kleinkunstwerke sowie von den ebenfalls geringen, an sie direkt überwiesenen Honoraren für meine Artikel über amerikanische Literatur, die ich aus Willimantic an eine italienische Zeitung geschickt hatte. Nach meiner Rückkehr würde ich ihr noch mehr unter die Arme greifen müssen. Wie sollte ich unter derartigen Bedingungen an eine Heirat denken können? Ich würde gewiß nicht imstande sein, für Ediths Unterhalt in Italien aufzukommen. Eine Heirat wäre nur sinnvoll, wenn ich in Amerika Arbeit finden und dableiben würde.

Ohne zunächst Edith etwas davon zu sagen, hatte ich mich also um eine Lektorenstelle bei diesem und jenem College in den Staaten bemüht, hatte selber hingeschrieben oder auch befreundete Professoren von Storrs hinschreiben lassen. Und es kamen die Antwortbriefe. Da sie an die Universität adressiert waren, sah Edith sie gar nicht. Alle waren sie negativ: Lehrstühle und Lehraufträge waren schon Ende März vergeben worden. Als ich mit aller Behutsamkeit nicht die Möglichkeit einer Hochzeit, sondern nur diese Hoffnung andeutete, in Amerika bleiben zu können, fuhr mich Edith urplötzlich an:

»Wie gewöhnlich! Du entschließt dich immer zu spät!«

Ich dachte, sie wüßte nichts von den akademischen Terminen, aber da sie ja schon immer hier wohnte, wußte sie natürlich etwas davon.

Ich setzte meine vergeblichen Versuche fort, eine Stellung zu finden, ohne mit ihr noch einmal darüber zu sprechen. Ihr Vorwurf, der mich deshalb so getroffen hatte, weil er ungewollt, impulsiv gewesen und nicht von ihrem Stolz kontrolliert worden war, hatte mich begreifen lassen: Edith wünschte, ohne mir jemals etwas davon gesagt zu haben, daß ich nicht nach Italien zurückkehrte!

Als ich eines Abends mit ihr nach Hause kam, fand ich im Briefkasten unter der anderen Post auch einen von diesen Briefen; durch einen Zufall war er an meine Privatadresse geschickt worden.

Auf dem Umschlag stand als Absender die Universität von Austin in Texas. Sicher war es die Antwort eines dortigen Professors, Amerikaner, aber Sohn eines Italieners, mit dem ich befreundet war. Es konnte auch ein Ja sein! Neugierig öffnete ich den Brief noch auf der Treppe. Aber auch er war negativ. Und als ich die Wohnung betrat, konnte ich einer plötzlichen Versuchung nicht widerstehen:

»Weißt du, Liebling«, sagte ich zu Edith und sah sie dabei nicht an, sondern tat so, als würde ich die anderen Umschläge durchsehen, »dieser Brief... ist von der Universität Austin. Hätte darin gestanden, daß es dort eine Stellung für mich gibt, hätten wir heiraten können...«

Sie brach in ein heftiges, übertriebenes, hysterisches Lachen aus:

»Armer Junge! Wer hat dir denn gesagt, daß ich dich heiraten will?!«

»Nun ja, besser so«, meinte ich bitter.

»Besser so, natürlich, hundertmal, tausendmal besser so. Weil du ein Verrückter bist! Und weil ich überhaupt niemanden heiraten will, und dich noch weniger als alle anderen!«

»Würdest du denn Bruce Wood heiraten?«

»Warum nicht? Wir verstehen uns zwar nicht, er ist nicht mein Typ, aber als Ehemann ist er schon möglich. Schlag dir diese beschissenen Heiratsgedanken aus dem Kopf. Mach nur, daß du so schnell wie möglich wieder nach Italien zurückkommst, dann denkst du nicht mehr daran!«

»Und du?«

»Ich hab' nie daran gedacht, mein liebes Kind. Laß mich jetzt damit in Ruhe!«

Es war soweit, ich buchte den Flug. So gern hätte ich Edith zum Abschied den Volkswagen geschenkt. Aber ich mußte ihn verkaufen, ich brauchte die Dollars, um nicht mit leeren Händen nach Hause zu kommen.

Zwei oder drei Abende vor der Abreise trafen wir uns das letzte Mal wie gewohnt vor dem Campus. Edith kam mit ihrem Lieferwagen. Sie war ganz aufgeregt, hatte ein Telegramm in der Hand:

»Kannst du's nicht verschieben? Drei Tage, nur drei Tage? Anna kommt! So lernst du sie kennen, und wir verbringen einen Abend zusammen. Das Revue-Ensemble hat sich aufgelöst. Sie kommt für immer zurück. Eigentlich hat sie ja diese Arbeit nie gemocht. Warum verschiebst du's nicht? Bitte!«

Es war noch nie vorgekommen, daß sie »bitte!« zu mir gesagt hatte. Und auch noch mit flehender Stimme!

Ich hatte mich schon mit meinem alten Professor verabredet, genau zwei Tage nach meiner Ankunft in Mailand. Er fuhr in den Ferien nach England, also konnte ich's nicht verschieben. Ich sagte es Edith sofort. Auf gar keinen Fall hätte ich mich umstimmen lassen: auch noch diese Anna, jetzt! Edith würde alle ihre grobe Zärtlichkeit, die ich so liebte, jetzt an sie verschwenden. Ich war eifersüchtig auf Anna, ich haßte sie.

Am 17. Juni 1962 verabschiedeten wir uns in aller Frühe.

Ein Freund brachte mich mit einem Kombiwagen nach New York. Er war ein älterer Kollege oder vielmehr ein Vorgesetzter von mir, denn er leitete die Abteilung Romanische Literatur und Sprachen. Von ihm war ich in Storrs eingestellt worden; in diesen beiden Jahren hatte er mich stets gut beraten und unterstützt. Um sieben Uhr morgens stand er unten vor dem Haus, um mich zum Flugplatz nach New York zu fahren.

Edith war rechtzeitig aufgestanden und hatte das Frühstück bereitet. Während des Abendessens am Tag zuvor bei ihren Eltern hatte uns alle vier die Rührung ergriffen, als gehörte ich mit zur Familie. Der Vater hatte mir eine alte böhmische Meerschaumpfeife geschenkt. Die Mutter hatte geweint und mich immer wieder umarmt. Doch um neun Uhr waren wir wieder daheim, und Edith hatte mir geholfen, die letzten Sachen zu packen. Ich mußte eine Menge Bücher mitnehmen. Jetzt, beim Frühstück, hatte ich keinen Appetit, sie schon. Nachher legte sie sich wieder ins Bett. Sie brauchte nicht zur Arbeit, es war ein Samstag.

»Wenn du weg bist, schlafe ich gleich wieder, bis Mittag.« Aber sie schien mir hellwach zu sein. Ihre dunkelblauen Augen glänzten mehr als jenes Mal und alle anderen Male, als wir uns geschlagen hatten.

Das Gepäck hatte ich schon hinunter ins Erdgeschoß gebracht und war dann wieder hinaufgegangen. Und vorher schon hatte ich sie gebeten, die Schlüssel dem Hausherrn zu übergeben und auch sonst noch die letzten Notwendigkeiten zu erledigen. Wir hörten den Wagen hupen.

Ich beugte mich über sie, und sie hatte die Augen geschlossen, um mich zu küssen. Nein, mein Herz sagte mir nicht, daß ich sie wiedersehen würde. Es war der letzte Kuß, das Seufzen, der Hauch fast einer einzigen Seele. Mehr sagte mir mein Herz nicht.

7

Mein. Sie ist jetzt mein. Edith ist meine Braut. Edith ist meine Frau. Keiner wird sie mir jemals wegnehmen.

Das sagte ich mir im »Weißen Kreuz« nach dem Trinkspruch. Ich hatte mich wieder gesetzt, zwischen Edith und Anna, und meinen Blick von Annas Händen, »den schönsten Händen der Welt«, gewaltsam weggerissen und den Versuch gemacht, das Wonnegefühl zu vergessen, das mich vor einem Augenblick überkommen hatte, als ich ihre Rechte in meiner Rechten spürte.

Dann sah ich Ediths so ganz andere Hände: hager und kräftig; sie hatten mich schon immer und gerade deshalb so beeindruckt, weil ich an die ungewöhnliche, verborgene Zartheit ihrer Liebe dachte, und jetzt rührten sie mich, verglichen mit Annas Händen, zu einer noch tieferen, überwältigenden, sieghaften Zärtlichkeit. Und Anna, war sie zur Liebe fähig? Gewiß liebte sie Vaclav, sie hatte ihn ja geheiratet. Wie war ihre Liebe?

Aber nein, in diesem Augenblick wollte ich nicht an Anna denken. Es stimmt schon: gegen jede Voraussicht und für mich völlig überraschend hatte mir Anna vom ersten Augenblick an gefallen. Vielleicht darum, weil sie so hochgewachsen, so groß, so schön war, wie ich dies nie vermutet hatte und mir auch anhand der Fotografien gar nicht hätte vorstellen können. Aber vielleicht hatte sie mir auch wegen jenes unvermittelten und unwiderstehlichen Gelüstes gefallen, das uns alle bisweilen dazu treibt, uns selbst zu widersprechen: zu entdecken, daß eine von uns lang gehegte Antipathie grundlos ist, reizt uns, so pervers es sein mag, zu einer nicht minder unbegründeten Sympathie, weckt in uns ein unverhofftes, vitales Freiheitsgefühl. Aber nein, auch wenn ich in diesem Augenblick wußte, daß mir Anna ebenfalls in Zukunft gefallen würde, nahm ich mir doch vor, sie sozusagen in einen stillen Winkel meines Ichs zu verbannen, und war fest davon überzeugt, daß dieses Gefallen, das ich an ihr fand, schließlich keine große Bedeutung hätte. Denn was bedeutete schon so ein ausschließlich sinnlicher Reiz wie »die Schönheit von Annas Händen«, verglichen mit meiner Liebe zu Edith? Es kam mir überhaupt nicht in den Sinn, ich hielt es für lächerlich, ja für kindisch, daß Anna künftig irgendwie, und wenn auch nur ganz wenig, meiner Liebe zu Edith Abbruch tun könnte. Aber ein negatives Verhältnis wäre schlimm gewesen. Edith liebte sie mehr als eine Schwester und freute sich so auf die gemeinsame Hochzeitsreise der beiden Paare nach Venedig, die sie vereinbart hatten! Wenn ich also jetzt, da ich Anna endlich kennengelernt hatte, weiterhin darauf beharrt hätte, sie unsympathisch zu finden, so hätte dies in der Tat zwischen Edith und mir endlose Unstimmigkeiten, Auseinandersetzungen und kleine Streitereien ausgelöst.

Ich mußte an meine Tante, die unverheiratete, sehr attraktive Schwester meines Vaters, denken, die meine Klavierlehrerin gewesen war. Sie lebte allein in einer kleinen Villa in San Siro. Als Kind bekam ich bei ihr Unterricht. Ich übte mit ihr die Haydn-Sinfonien in der Bearbeitung für vier Hände. Nachmittage im Frühling. Beim Klavierspiel zog sie sich die Kostümjacke aus. Sie trug leichte, gestickte, weiße Blusen, die ihre schönen nackten Arme sehen ließen. Allein die Berührung ihres Ellenbogens erregte mich. Jetzt gebe ich ihr einen Kuß, sagte ich mir. Ich empfand es als ganz starke Versuchung; doch mühelos widerstand ich ihr allemal. Nun, das würde auch jetzt so sein, falls ich mit Anna allein wäre. Schließlich war ich kein kleiner Junge mehr, und bei solchen Lappalien spielte der Wille schon eine gewisse Rolle.

An all dies mußte ich während des Hochzeitsessens denken, während ich die Hände meiner Braut ansah und sie berührte, als wollte ich mich selbst meiner ganz natürlichen und unverbrüchlichen Treue versichern.

Ediths Hände waren vielleicht das, wonach ich mich am heftigsten gesehnt hatte in den elf langen Monaten der Trennung und Erwartung. Es waren schwesterliche, ehrliche, tatkräftige Hände. Fast schon lebendes Symbol der einzigen Frau, die mir Gefährtin für immer sein konnte.

Während der beiden Jahre in Storrs hatte ich nicht nur Artikel an die Zeitung geschickt, sondern auch studiert; ich hatte eine Menge gelesen und mir viele Notizen gemacht. In Mailand sprach ich mit meinem alten Professor gleich nach meiner Rückkehr von dem Buch, das ich über die moderne amerikanische Literatur und ihren Einfluß auf die heutigen italienischen Schriftsteller schreiben wollte. Er ermutigte mich in meinem Vorhaben und garantierte mir die Veröffentlichung. Ich blieb den ganzen Sommer in der Stadt, um zu arbeiten. Das Buch erschien im November und hatte auch sofort einen gewissen Erfolg. Ich bekam die Stelle, die ich an der Mailänder Universität haben wollte, und, was noch wichtiger ist, ich nahm anschließend zu Jahresbeginn einen Teil jener Korrespondenz mit einigen Professoren wieder auf, denen ich schon einmal geschrieben hatte, um in den Staaten bleiben zu können. Im Februar bereits erhielt ich einen Brief von A. F., dem Leiter des *Italian Department* von Berkeley, der Universität von Kalifornien. Der Brief war unmißverständlich: ich durfte auf eine Berufung hoffen!

Nachdem ich wieder in Italien war, hatte ich Edith regelmäßig geschrieben. Einige wenige Male hatte ich nach vorheriger telegrafischer Ankündigung auch mit ihr telefoniert. Um ihr jedoch keine falschen Hoffnungen zu machen, hatte ich nie von meinem Vorhaben gesprochen, nach Amerika zurückzukehren. Aber jetzt, da ich diesen Brief aus Berkeley in der Hand hatte, machte ich mir Mut, rief sie an und sagte ihr alles. Zuletzt, gerade noch vor dem Auflegen, überraschte sie mich:

»Warte noch einen Augenblick. Ich hab' immer vergessen, dir was zu schreiben, und jetzt hätte ich's auch beinahe vergessen: ich denk' immer an dich, jeden Tag und jede Stunde. *I love you.*«

Aber es waren nicht diese Worte, das kann ich beschwören, es waren nicht diese unerhofften, fast unglaublichen Worte - entscheidend war für mich nur ihre bebende Stimme. Nicht, daß ich etwa meine Absicht aufgegeben hätte, sie zu heiraten. Ich dachte nur, daß ich, falls ich nach Kalifornien führe, in Willimantic die Fahrt unterbrechen und mit aller Wahrscheinlichkeit dann auf diesen Gedanken zurückkommen würde. Ihre bebende Stimme war für mich entscheidend. Und mir wurde gar nicht recht bewußt, was ich sagte:

»Edith, wenn ich als Professor nach Berkeley gehe, willst du dann mitkommen? Aber wir heiraten natürlich. Willst du?«

»O shit!« war ihre Antwort: Scheiße!

Als ich dann Anfang April endlich die offizielle Berufung nach Berkeley erhielt, rief ich Edith nicht an, sondern telegrafierte ihr. Das Telegramm war lang, überlegt und genau; ich teilte ihr meine Ernennung mit, bat sie, die Papiere zu besorgen, damit wir Ende Mai in Italien heiraten könnten, und mir telegrafisch zu antworten; im übrigen hätte ich ihr jedenfalls schon die Flugkarte geschickt.

Trotzdem hatte ich nicht viel Hoffnung. Ich fürchtete, Edith würde sich bestenfalls eine Bedenkzeit erbitten. Nur eines wußte ich mit Bestimmtheit: telegrafisch würde sie mir bestimmt nicht wieder mit einem ordinären Ausdruck kommen.

Die Antwort ließ auf sich warten. Eine Woche des Bangens, in der ich praktisch arbeits- und denkunfähig war. Zu jeder Tages- und Nachtzeit lief ich durch das Zentrum von Mailand, auf die Piazza del Duomo, durch die Galleria, den Corso, die Via Manzoni; absurderweise kam es mir so vor, als hätte ich nur noch Erinnerungen an Mailand und nur noch Mailand als ausschließliche Zukunft vor mir. Nachmittags sah ich mir einen Film an, abends noch einen anderen. Ich war der Verzweiflung nahe. Ich setzte ein weiteres Telegramm auf, worin ich sie bat, mir doch wenigstens mit einem *»yes«* oder einem *»no«* zu antworten. Zwei Tage lang behielt ich das Formular mit dem Text in meiner Tasche. Am Morgen des dritten Tages verließ ich meine Wohnung, um das Telegramm in der Annahmestelle von Italcable aufzugeben. Da fand ich beim Portier die Antwort, die in diesem Augenblick gekommen war.

Edith teilte mit, daß sie bei Virginia Cleaners gekündigt hatte. Darüber hinaus standen in dem Telegramm ganz einfach nur der Tag des Abflugs, die Flugnummer und das Wort *love.*

War es also Schicksal, daß sie mich immer überraschte? Zwang ihre Natur sie dazu?

Ich holte sie von Malpensa ab. Ich brachte sie unverzüglich nach Hause. Meine Mutter umarmte sie augenblicklich, als wäre sie ihr schon von Kind auf wohlbekannt. Sie vertraute ihr restlos, liebte sie sofort.

Edith verbrachte die vierzehn Tage bis zur Hochzeit bei mir zu Hause. Eines Abends, als ich mich mit ihr unterhielt, glaubte ich durch einen Zufall die Ursache für ihre plötzliche Einwilligung zu erkennen.

In der Zeit der Trennung waren ihre Antwortbriefe an mich immer lakonisch und zugleich bewegend gewesen; bei der Lektüre machte ich mir bittere Vorwürfe, daß ich, was Annas Briefe betraf, nicht auf die Gemeinheit, die billige Grausamkeit, die feige Ironie verzichtet hatte. Ich verstand, daß Edith sich in ihren Briefen vor allem über ihre Ausdrucksweise den Kopf zerbrach. Sie bestätigte den Erhalt meiner Post, bedankte sich dafür, berichtete, wie es zu Hause ging, fand jedesmal ein oder zwei herzlich-scherzhafte Sätze, aber alles stets mit möglichst wenig Worten, auch dann, als sie mir schrieb, daß sie zwei Abendkurse über Buchhaltung mitmachte. Sie waren für Arbeitnehmer, fanden also am Spätnachmittag statt. Fünfmal wöchentlich ging sie nach ihrer Arbeit bei Virginia Cleaners zur Universität. An den Abenden und über die Wochenenden lernte sie. Edith teilte mir dies in zwei Zeilen mit, ohne der Sache große Wichtigkeit beizumessen. Ich war erstaunt, angetan, gerührt, und je mehr ich darüber nachdachte, um so wichtiger erschien es mir. Die Briefe waren maschinengeschrieben, sie diktierte sie Anna, die eine Maschine besaß. Im übrigen fehlten nie die Berichte über Annas Tun, die mich bei aller Kürze langweilten. Anna suchte seit ihrer Rückkehr eine Arbeit, fand aber keine. Anna machte sich große Sorgen, weil sie ihre Ersparnisse aufbrauchte. Anna war als Mannequin in einem großen Modegeschäft in New Haven eingestellt worden. Anna hatte die Stellung in New Haven gekündigt, weil sie ihr nicht gefiel und die Entfernung von Willimantic zu groß war: das Gehalt ging allein fürs Essen und Wohnen drauf. Anna hatte schließlich eine Arbeit in Hartford, wenig mehr als zwanzig Meilen von Willimantic: sie wohnte zu Hause bei ihrer Mutter und war glücklich. Schließlich Vaclavs Rückkehr nach der Entlassung vom Wehrdienst. Es ging ihm ausgezeichnet, und Glück hatte er auch! Da gab es einen Offizier, seinen Vorgesetzten, der ihn während der Dienstzeit ins Herz geschlossen hatte, ebenfalls aus der Marine ausgeschieden war und in New York eine Import- und Exportfirma eröffnen wollte. Was für ein Glücksfall: gleich nach Vaclavs Heimkehr hatte der Vorgesetzte sein Versprechen wahr gemacht und ihn als Hilfskraft eingestellt. Vaclav, dieser beneidenswerte Vaclav ging nach New York! Dann war Vaclav ganz überraschend zum Wochenende nach Hause gekommen. Vaclav war schon wieder zum Wochenende gekommen. Und heute, stell dir vor, hat sich Vaclav mit Anna verlobt! Schließlich, in einem der letzten Briefe: Vaclav und Anna werden in einem Monat heiraten.

Nun, als ich mich an diesem Abend in Mailand, nachdem wir uns geliebt hatten, mit Edith unterhielt, sprachen wir über Vaclavs und Annas Hochzeit, und Edith sagte mir, daß sie am 6. April in der katholischen Kirche von Willimantic getraut worden waren. Als ich den Brief bekam, der mir dies mitteilte, hatte ich ihm keine besondere Beachtung geschenkt: alles, was Anna betraf, war mir lästig. Aber wenn es ein Datum gibt, an das ich mich erinnerte, dann doch gerade der Tag, an dem ich mein überlegtes und resolutes Telegramm an Edith geschickt hatte: und das war der Tag danach, der 7. April.

Aber natürlich doch! Ganz klar! Annas und ihres Bruders

Hochzeit hatte bei ihr schlagartig alle Zweifel beseitigt. Sonst wäre sie nie einverstanden gewesen, mich so bald schon zu heiraten. Und vor allem wäre sie nie eigens dazu nach Italien gekommen. Sie mußte sie schon sehr lieben, ihre große Freundin, die jetzt auch noch ihre Schwägerin war! Wie ich nun auf einmal entdeckt hatte, daß Ediths Entschluß, mich zu heiraten, durch Annas Heirat ausgelöst worden war, überkamen mich Ärger und Eifersucht auf Anna; jetzt konnte ich mir diese Hochzeitsreise zu viert auch besser erklären, dieses blöde Projekt war mir unangenehm! Eigentlich war es mir ja schon gleich blöde vorgekommen, als mir Edith davon berichtet hatte, aber angesichts ihrer Begeisterung und bei meiner Freude in jenen ersten Tagen, sie in meinen Armen zu haben, hatte ich nichts gesagt. Jetzt, da ich den kindlichen Impuls erraten hatte, die Ursache ihres überraschenden Entschlusses, fehlte mir erst recht der Mut, ihr offen zu sagen, daß mir diese Hochzeitsreise zu viert nicht paßte. Freilich erriet Edith mit ihrem slawischen Instinkt immer gleich, was mir gerade durch den Kopf ging. Auch jetzt ahnte sie es. Aber sie erinnerte sich an mein hartnäckiges Vorurteil gegen Anna in Willimantic. Und sie rechnete damit, daß ich in einem günstigen Augenblick, wenn ich Anna erst einmal kennengelernt hätte, meine Meinung ändern würde.

Spezialität im »Weißen Kreuz« waren Forellen aus dem Mucrone; meine Mutter hatte sie natürlich als Hauptgericht bestellt. Der Mucrone ist ein kleiner Bergsee oberhalb von Oropa. Leider gab es an jenem Vormittag in den dunklen Innensälen noch zwei weitere Festessen mit einer größeren Anzahl von Gästen, und unsere helle Veranda war weit weg von der Küche: mit anderen Worten, das Essen zog sich in die Länge, nach den Vorspeisen und dem Risotto ließ die berühmte Forelle auf sich warten, und einer der beiden Zeugen, der kein Englisch verstand, der Oberst Spingardi, ein alter Freund meiner Mutter, sah immer wieder ganz nervös auf seine Uhr: wie viele ältere Menschen, die das Abendessen auslassen, konnte er mittags den Hunger schlecht ertragen. Er saß uns gegenüber, neben dem Pfarrer. Plötzlich fragte er mich:

»Edoardo, um wieviel Uhr geht euer Zug nach Venedig?«

Meine Mutter lächelte hintergründig:

»Machen Sie sich keine Sorgen, Oberst! Die zwei Brautpaare fahren mit dem Auto!«

»Ja, wir halten gar nicht erst in Mailand, die Koffer sind schon im Wagen. Wir kommen schon noch rechtzeitig hin, um den Sonnenuntergang über der Lagune zu sehen, machen Sie sich keine Sorgen!« sagte ich. Und dabei wurde ich zu meiner eigenen Überraschung gewahr, daß ich keinerlei Abneigung mehr gegen diese Hochzeitsreise hatte. Ich befand mich in einer eigenartigen Gemütsverfassung: eine Mischung aus Freude, Zuversicht und gleichzeitiger Unruhe. Freude, weil Anna mitkam. Zuversicht, weil Edith gleich verstanden hatte, daß mir Anna sympathisch war. Unruhe, weil Edith sich auch fragen konnte, welcher Art diese Sympathie denn wäre... Oder nicht? Oder schützte sie ihre leidenschaftliche, grenzenlose Freundschaft zu Anna vor jeglichem Verdacht, berechtigte mich demnach, unbedingt auf ihre Naivität, auf ihre Blindheit zu vertrauen? Zwei Stunden später war dies ganz bestimmt der Fall, als wir uns vom Essen erhoben und ich von einer plötzlichen Versuchung gepackt und überwältigt wurde.

Obwohl es sich keines unserer beiden Paare leisten konnte, verschwenderisch zu sein, war es doch selbstverständlich, daß ich das Hochzeitsessen bezahlen würde; allerdings hatte mir Edith gesagt, daß sie sich am Abend vor der Beantwortung meines Telegramms in Willimantic lange mit Anna besprochen und da schon alles mit ihr geregelt habe: die Fahrkosten, das Hotel und die Restaurants in Venedig, aber auch das Essen in Oropa sollten zu gleichen Teilen von uns und ihnen bezahlt werden.

Während der fröhlichen und bewegten Abschiedsszene, als alle sich von der Veranda auf den Vorplatz begaben, merkte Edith sofort, wie ich mich anschickte, in die Innenräume zu gehen:

»Warte auf Anna!« flüsterte sie.

»Warum denn Anna? Wenn schon, dann Vaclav, oder?«

»Siehst du nicht, daß er besoffen ist? Und außerdem ist es Anna, die sich um alles kümmert!«

»Also, jetzt erledige ich das erst mal«, erwiderte ich. »Nachher können wir dann teilen.«

»Nein, das will ich nicht.« Und sie rief Anna; und Anna erreichte mich nebenan im Cafe, an der Kasse; die alte Besitzerin rechnete gerade zusammen. Vielleicht, weil wir aus dem hellen Licht der Veranda gekommen waren, schien es hier fast dunkel zu sein.

Wir schwiegen, Anna und ich, und sahen uns lächelnd an. Zum erstenmal konnte ich ihre Augen gut erkennen: dunkelbraun, samten, glänzend, mit jenem eigenartigen, kindlichen, doch gleichzeitig maliziösen und vielleicht auch perversen Ausdruck, wie man ihn eigentlich nur bei manchen Afrikanern findet. Und wieder sah ich ihre weichen, zarten feinen Hände: sie hielten vor der Brust ein Täschchen aus beigem Krokodilleder. Sie öffnete und schloß es, spielte ungeniert damit, um das Klicken zu hören.

Die Besitzerin reichte mir die Rechnung. Anna öffnete ihr Täschchen wieder. Und wie ich in dem Moment auf ihre wundervollen Hände sah, zögerte ich nicht länger: ich überließ mich dem schmerzlichen Wunsch, den ich seit einigen Augenblicken empfand:

»Anna, laß mich bezahlen.«

»Hat dir Edith nichts von dem Abkommen zwischen ihr und mir gesagt?«

»Doch, aber laß mich zahlen. Weißt du, daß ich dich nicht mochte, als ich dich noch nie gesehen hatte?«

Sie lachte:

»Ich weiß. Edith hat es mir immer in aller Deutlichkeit gesagt. Du warst eifersüchtig auf mich.«

»Gut, dann laß mich das jetzt machen. Um dir zu beweisen, daß ich meine Meinung geändert habe.«

Sie senkte einen Augenblick die Augen, wie um in ihr Täschchen zu sehen. Als sie mich wieder anschaute, hatten die Augen einen anderen Ausdruck. Ganz klein geworden, fast nur noch leuchtende Punkte in der dunklen Iris, musterten sie mich neugierig und belustigt:

»O.k. Aber unter einer Bedingung. Edith wäre das gar nicht recht, sie würde es mir nie verzeihen. Sie darf also nichts davon erfahren. Versprichst du's mir?«

Ihr fest in die Augen sehend, die mich in der Erwartung meiner Antwort mit ihrem grausamen Lachen ebenso fest ansahen, begriff ich, und dabei lief es mir kalt über den Rücken, daß dies ebenso war, als würde mir Anna ein Verbrechen vorschlagen, und ich nein sagen müßte. Statt dessen murmelte ich, wobei ich ihren Blick auszuhalten hatte, denn er tat weh:

»O.k. Ich verspreche es.«

Ein Klicken besiegelte meine Antwort. Sie machte ihr Täschchen zu, lächelte mich plötzlich wieder an wie vorhin, mit ihrem kindlichen, wilden Lächeln. Sie hauchte:

»We split it«, wir haben's geteilt, und lief weg.

Alle beide hatten wir nur ganz leise und ausschließlich englisch gesprochen. Als ich zahlte, stellte ich mit Erleichterung fest, daß die Alte, Zeugin meines Verbrechens, nichts verstanden haben konnte.

Ich ging auf den Platz hinaus, in die Sonne. Die andern waren schon weg, stiegen gerade die letzten Stufen der großen Freitreppe zum tiefergelegenen Platz hinunter, wo die Wagen standen. Also, Anna, wer war das eigentlich? Was war Anna? Ich blickte auf die Wallfahrtskirche, und unwillkürlich, vielleicht sogar unbewußt, kam mir ein Gebet. Ja, einen Augenblick lang, mit einem einzigen, angstvollen Seufzer, betete ich zur Schwarzen Madonna. Warum ich betete? Weil Anna das Böse und Edith das Gute war und ich die Kraft nicht hatte, weder auf die eine noch auf die andere zu verzichten?

8

Vaclav war schon gleich bei der Abfahrt in Oropa eingeschlafen. Auch mein Fiat, obgleich viel bequemer als der alte Volkswagen, hatte ihn nur auf dem Sitz neben mir aufnehmen können. Hemdsärmelig, ohne Schuhe, die langen Beine abgewinkelt und gezwungenermaßen quergestellt, schlief er wie ein Kind bis zum Piazzale Roma; den strohblonden Kopf hatte er an die Stütze gelehnt, seine Wangen waren ohne jede Farbe, sein Mund halboffen. Edith und Anna, die hinten saßen, redeten indessen pausenlos mit unerschöpflicher, unwahrscheinlicher, fast rätselhafter Heiterkeit. Alle Augenblicke erscholl hinter meinem Rücken ihr unvermitteltes, mitreißendes Lachen. Und sie schwatzten so rasch und ohne Punkt und Komma, daß ich die Ursache ihrer Heiterkeit nie erfassen konnte: wahrscheinlich immer eine andere, aber mir schien sie immer dieselbe zu sein.

Am Piazzale Roma wollte ich nicht das Motorboot, sondern eine Gondel: für sie drei die beste Art, Venedig, das sie ja noch nie gesehen hatten, ein wenig zu verstehen. Die Sonne war schon untergegangen, die ersten Lichter flammten auf. Doch kaum begegneten wir einer anderen Gondel, auf der Ziehharmonika gespielt wurde und ein Liebes- oder Brautpaar sich küßte, mußte Vaclav es gleich nachmachen: er umarmte und küßte Anna und drehte sich auf diese Weise zu Edith und mir um, die wir hinter ihnen saßen.

»Schau dir Venedig an!« sagte Anna. Doch er machte mit geschlossenen Augen weiter. Ab und zu öffnete er sie, aber nur, um einen raschen Blick auf uns zu werfen, wobei er seine Lippen von Annas Lippen löste und wie ein Verrückter lachte.

Edith und ich saßen dicht aneinandergeschmiegt und

schwiegen und hielten einander zärtlich die Hände. Wir sahen bewundernd auf die alten Palazzi, die uns entgegenkamen, auf die bunten, schwankenden Reflexe im dunkelblauen Kanal, auf all die Funken, die der Gondoliere mit seinem Ruder neben uns aus dem Wasser hob. Und Vaclav küßte immer noch Anna ab.

»Es reicht jetzt, schau dir doch Venedig an!« sagte sie immer wieder. Und Vaclav erwiderte, mit dem Blick auf uns:

»Aber ich schau's ja an, Venedig. Denn Venedig bedeutet doch auf italienisch *Stadt der Liebe*, nicht wahr, Edoardo?«

»Bedeutet? Eine Antonomasie ... eine Zweckbezeichnung, eine Redensart«, glaubte ich schulmeisterlich richtigstellen zu müssen.

»Du bist noch besoffen!« schalt ihn Edith. »Wie können wir uns nur mit einem Besoffenen im Hotel blicken lassen? Jetzt müssen wir warten, bis es dir vergangen ist!«

»Überhaupt nicht! Die Hotels in der Stadt der Liebe sind doch geschaffen für solche, die besoffen sind von der Liebe wie ich!«

Wir hatten zwei Zimmer im Hotel Monaco & Grand Canal bestellt. Duschen, Koffer auspacken, umziehen, dann Markusplatz, das »Florian«, ein Aperitiv, Abendessen in einer kleinen, gedrängt vollen Trattoria, alles wie alle andern auch. Auf solche Weise verging eine Woche.

Die Nachmittage verbrachten wir am Lido. Vaclav konnte meisterhaft kraulen, Edith auch. Vor allem Edith war gern im Wasser, spielte gern mit dem Wasser, und sie fror nie, auch wenn die Sonne schon unterging; zwischen ihr und dem Meer gab es eine Art natürlicher Übereinstimmung. Eigenartig, denn Prag liegt ja fünfhundert Kilometer von der Ostsee entfernt. Aber Krakau, Joseph Conrads Heimatstadt, liegt siebenhundert Kilometer von ihr entfernt. Ein rätselhafter Instinkt verbindet jedes menschliche Wesen über die Generationen hinweg mehr oder weniger mit dem Meer. Als Beispiel: Annas Eltern waren in Sizilien geboren, aber sie selbst hatte wahrhaftig nicht viel Sympathie fürs Meer.

In den Nächten Liebe und langer Schlaf.

An den Vormittagen Museen und Ausstellungen, Ausflüge nach Torcello, Chioggia, Murano, Burano... Nichts störte unsere doppelten Flitterwochen.

Bei mir hatte sich freilich schon am ersten Abend im Hotel Monaco etwas zugetragen.

»Ich bin froh«, sagte Edith, nachdem wir uns geliebt und das Licht ausgemacht hatten und unserer in Italien gleich wiederaufgenommenen süßen Gewohnheit gemäß nach und nach in die richtige Lage fanden, in der wir umarmt einschlafen konnten, »ich bin froh für Vaclav, auch wenn die ersten Monate hart sein werden. Er verdient noch nicht genug, um in New York eine Wohnung mieten zu können. Und Anna kann nicht von Hartford weg und ihre Arbeit verlieren. In New York eine Arbeit zu bekommen, ohne daß man erst eine Zeitlang dort lebt, ist ausgeschlossen. Also wohnen sie vorläufig noch getrennt. Vaclav kommt übers Wochenende nach Willimantic. Von Freitag abend bis Montag früh ist er zu Hause bei Anna, Mrs. Russo hat ihnen ihr größtes Zimmer gegeben. Für die Dauer ist das natürlich nichts. Aber aus einem bestimmten Grund bin ich trotzdem froh darüber. Ich hab' dir nie davon erzählt. Schon jahrelang habe ich mir Sorgen gemacht... manchmal dachte ich, warum, kann ich nicht recht sagen, irgendein kleiner Verdacht vielleicht, nie was Konkretes, nie, daß ich was entdeckt hätte... habe ich gedacht, er wäre homosexuell veranlagt. Darum bin ich froh, daß er jetzt verheiratet ist, daß er Anna geheiratet hat, eine Frau, die viel Lebenserfahrung hat.«

»Ja, gewiß...«, sagte ich, als wäre ich schon am Einschlafen; aber leider war das gelogen. Im Gegenteil, Ediths völlig unerwartete Worte hatten mich wach gemacht, interessiert. Warum verstellte ich mich? Warum sagte ich ihr nicht, daß ich es allemal lächerlich fand, sich über die Homosexualität Sorgen zu machen, als wäre sie eine schwere Krankheit? Und warum sagte ich ihr nicht auch das andere, alles andere, was ich jetzt über Vaclav dachte?

Beim Wiedersehen hatte er den gleichen Eindruck auf mich gemacht wie in jener Nacht in New York, vor zwei Jahren. Daß ihn sein Kommandant so förderte, ihm gleich eine Arbeit verschafft hatte, schien es mir zu bestätigen. Ebenso die Ehe mit Anna, die Ediths mütterlichen Instinkt so sehr beruhigte. Wie viele Homosexuelle heiraten nur zur Tarnung! Wenn Vaclav mit seinem Vorgesetzten schlief, konnte diese Ehe ebenso eine Verteidigungs- wie Angriffswaffe sein, mit der doppelten Absicht, sich Respekt zu verschaffen und die Protektion nicht zu verlieren. Eingefleischte Homosexuelle haben eine Vorliebe für solche, die nicht ganz so homosexuell wie sie selbst sind, also für einen Mann, der auch mit Frauen geht. Vielleicht war dies hier der Fall. Vaclav hatte es nötig, sich als echter Mann zu fühlen, um den Anschein eines solchen erwecken zu können und um als solcher angesehen zu werden. Was natürlich nicht ausschloß, beileibe nicht, daß ihm Anna irgendwie gefiel.

Warum spielte ich also Edith etwas vor? Weil ich zu faul war, meine Meinung zu sagen, oder weil ich der zu erwartenden Diskussion ausweichen wollte? Um eine Nacht voller Müdigkeit, eine Nacht, in der ich Ruhe und Schlaf brauchte, nicht zu stören?

Und doch, wäre ich ehrlich gewesen, hätte ich Edith unbedingt widersprechen müssen. Und wäre ich stark und klug gewesen, hätte ich ihr tags darauf oder auch eine Woche später meine Meinung ganz offen sagen können, wenn Anna und Vaclav wieder nach Amerika abgereist sein würden. Wir selbst blieben bis September in Italien, ich hatte noch eine Menge zu erledigen. Diesmal hatte ich mich entschlossen, in die Vereinigten Staaten zurückzukehren, um dort zu bleiben und nach Ablauf der fünf Jahre, die das Gesetz für denjenigen vorschreibt, der eine Amerikanerin geheiratet hat, die Staatsbürgerschaft zu erwerben. Und meine Ehrlichkeit Edith gegenüber?

In den langen elf Monaten der Trennung hatte ich gedacht, wenn wir wieder beieinander wären, würde mir die Ehrlichkeit

Edith gegenüber mein ganzes Leben lang so notwendig sein wie die Luft zum Atmen, und jetzt, nur wenige Stunden nach unserer Hochzeit, war sie bereits zu etwas geworden, das es in meinem Herzen nicht mehr gab.

»We split it.« Ich sah wieder Anna mit ihrem schwarzen, glänzenden Blick, im Halbdunkel vor der Alten im »Weißen Kreuz«. Anna, die ich drüben in einem benachbarten Zimmer mit Vaclav im Bett wußte. Anna, die ich den ganzen Abend angesehen hatte, in der Trattoria mir gegenüber, und der ich auch gern beim Essen zusah. Ich war nicht ehrlich, als ich mich im Bett dieses venezianischen Hotels an Edith schmiegte. Eine andere Wahrheit erfüllte das Dunkel und die Stille, erfüllte mich, stieg empor, wuchs, drängte. Oh, die geeignete Lage, umarmt zu schlafen, war so leicht übertragbar!

Als ich mich dann auf den Rücken drehte und die Augen aufmachte, sah ich an der niedrigen Zimmerdecke zitternde, flimmernde Lamellen, Spiegelungen vom Canal Grande. Ich hätte das höchste Glück empfinden können, statt dessen war es Traurigkeit, nie empfundene Bitternis. In dieser Nacht hatte ich das erste Mal geliebt und dabei gelogen.

Bis auf den letzten Tag ereignete sich weiter nichts in Venedig. Doch war ich damals nicht ehrlich zu Edith, ach, so kostet es mich heute nicht mehr viel, zu mir selbst ehrlich zu sein: ich gebe zu, daß ich in dieser ganzen Woche bewußt den sehnsüchtigen Wunsch hegte, wieder zu sehen, und sei es nur für einen Augenblick, und nicht nur in der Erinnerung, wie Annas schöne Lippen gleichsam in einem zweifach betrügerischen Liebes- und Freundschaftskuß *»we split it«* geformt hatten. Ich dachte in einem fort daran. *To split* bedeutet: halbieren, zwei gleiche Teile machen. Sarkastische, teuflische Lüge! Wir hatten keineswegs die Rechnung, dafür aber im selben Augenblick ein Geheimnis geteilt: ich zahlte die Rechnung, sie versprach mir mit ihren Lippen, mir dies irgendwann auf andere Weise zu entgelten. Aber ich gestehe auch, daß ich keinerlei Lust verspürte, dies zu beschleunigen; im Gegenteil, da ich wußte, daß dieser Tag kommen würde, wünschte ich nur, ihn hinauszuzögern, und vielleicht hoffte ich auch, daß er im Lauf der Jahre überhaupt nie oder zu spät käme, wenn mir Anna nichts mehr bedeutete, eine Möglichkeit, die mir damals zwar unwirklich erschien, die man aber auf die Dauer nicht ausschließen konnte. Nach unserem Eintreffen in Amerika würden Edith und ich im September direkt nach Kalifornien gehen, während Anna für immer im Osten bliebe und einige Tage nach ihrer Rückkehr aus Italien die Arbeit in Hartford wieder aufnehmen würde. Obwohl wir auf diese Weise viertausend Meilen voneinander entfernt leben würden, ich in Kalifornien und Anna im Osten, wußte ich freilich, daß ich eine Möglichkeit nicht ausschließen konnte. Indessen...

Indessen widersprach ich mir selbst. Die Woche unseres Aufenthalts in Venedig verging, und ich konnte der Versuchung nicht widerstehen, mir in allen Einzelheiten die Umstände auszumalen, unter denen das geschehen konnte, von dem ich wünschte, daß es geschehen sollte.

Einmal saßen wir nach dem Abendessen alle vier an einem Tischchen draußen vor dem »Florian«: Eis, Musik, ausländische oder italienische Touristen, die dichtgedrängt zu Hunderten ringsum an den Tischchen saßen.

Edith merkt, daß Anna fortgesetzt in eine bestimmte Richtung sieht:

»Was ist denn? Siehst du einen Bekannten?«

»Ja«, antwortet Anna, verzieht das Gesicht und dreht sich ärgerlich mit einem Ruck auf ihrem Stuhl herum, als wollte sie dem Betreffenden den Rücken kehren.

»Wer ist es denn?«

»Breezy.«

»Was für ein Name! Wer ist Breezy?«

»Ein Choreograph. Ich habe zwei Jahre lang mit ihm gearbeitet. Alle nennen ihn so, weil er das mag. Er sagt, als junger Mann sei er Breezy genannt worden, weil er damals so leicht wie eine Brise getanzt hätte, der leichteste aller leichten Winde. Richtig heißt er aber Henry Harrington, er ist der hartgesottenste, egoistischste und niederträchtigste Typ, den ich kenne. Er ist mit daran schuld, wenn ich jetzt nichts mehr vom Theater wissen will. Alle waren sie sich einig, daß ich singen kann. Und er hat behauptet, daß ich mich nicht bewegen kann und daß ich schwerfällig bin. Lewis, der Produzent, mochte mich. Und Dick, ich hab' dir's doch schon oft gesagt, ihm gefiel ich ganz besonders, er hätte mir helfen können, er hatte es versprochen. Bestimmt hätte er's auch getan. Aber dieses Ekel von Breezy war in ihn verliebt und hat mich gehaßt, er war eifersüchtig, er hat gemeint, daß ich ihm Dick abspenstig machen will. Da ist es eben gegangen, wie es gegangen ist. Ich hab' kein Glück gehabt. Und wenn ich jetzt bei all den vielen Menschen, die hier in Venedig sind, schon einen Bekannten sehe, dann muß es ausgerechnet der sein. Ein böses Vorzeichen.«

»Nein, ein besonders gutes«, lacht Vaclav und gießt seinen Whisky auf Eis, »weil ich dir jetzt Glück bringe.«

»Bravo, Vaclav! Deshalb hab' ich dich auch geheiratet! «

Aber Edith bleibt ernst:

»Warum hast du ihn denn immerzu angesehen, wenn er dir Böses getan hat?«

»Ach, ich weiß nicht recht... Am Anfang war ich nicht ganz sicher, ob er's ist. Er ist fett geworden wie ein Schwein. Und dann, wer weiß... vielleicht hat er mich an schöne Zeiten erinnert.«

Edith unterbricht sie liebevoll:

»Anna, du bist verrückt!«

»Er hat nichts damit zu tun, aber da gab's auch schöne Tage.«

Bald darauf kommt Herr Breezy plötzlich von hinten strahlend auf uns zu, breitet seine Arme aus:

»Anna! Du hier! Wie wundervoll!« und küßt sie wieder und wieder. Anna läßt sich nicht aus der Fassung bringen, sie stellt uns gleich vor.

»Was hast du gesagt?! Dein Mann! Das ist ja wundervoll! Und ich wußte gar nichts davon! Wie heißt er, wie hast du gesagt? ... Vaclav! Wenzel! Der heilige Wenzel! Prag! Bezaubernd! Alles ist bezaubernd, Venedig, unser Treffen und auch dein Mann! Glückwünsche, Anna, Glückwünsche!«

Seine Erscheinung hatte etwas Widerliches. Gesicht und Körper eines mageren Menschen, der auf schlechte Art dick geworden ist. Mittelgroß, dunkelblond, gewölbte Stirn, Glatze, asymmetrisches, glattes Gesicht fast mit dem Merkmal einer mitten in der Entwicklung für immer stehengebliebenen Pubertät, dazu ein übertriebenes, unverschämtes, offensives Lachen. Sogar seine Kleidung, orangefarbener Pulli, grünes Halstuch, weiße Jeans, hatte etwas Abstoßendes.

»Ich verlasse euch jetzt, meine Lieben! Wo seid ihr untergebracht?... Im Monaco? Ich bin im Danieli. Ich verlasse euch, ich gehe bald ins Bett, ich muß morgen in aller Frühe mit dem Flugzeug nach London. Ich muß in London eine Riesenshow auf die Beine stellen...« Das sagt er zum Schluß, wobei er sich mit wohlwollend-vertraulicher Stimme heuchlerisch zu Anna herunterneigt: als spräche er zu jemandem vom Metier, wobei er doch weiß, daß Annas Karriere schon lange zu Ende ist.

Zum Glück ging er dann auch, ich hatte schon gefürchtet, er würde sich zu uns an den Tisch setzen. Von Vaclav verabschiedete er sich zuletzt, trat auf ihn zu, der stehengeblieben war, ein hagerer, schlaksiger Riese, und starrte ihn mit unverhüllter Ironie an. Breezy streckte ihm die Hand hin:

»*So long*, Vaclav, ich freue mich, dich kennengelernt zu haben. Wir müssen uns wiedersehen. Lebt ihr in Italien? ... Ach nein, ihr seid auf Hochzeitsreise. Wo lebt ihr?... Ah, in Amerika. Aber wo?... Ah, in New York. Wunderbar! Ich werde den ganzen Winter über dort sein, im Metropolitan! Besuch mich mal! Natürlich auch du, Anna, das versteht sich!«

»Danke, ein anderes Mal«, erwidert Vaclav prompt, »ich glaube, in diesem Winter können wir nicht, Anna und ich sind dann in Japan!«

»Alles Gute!«

Kaum ist Breezy weg, meint Vaclav zu mir:

»Ich hab, das mit Japan gesagt, weil's stimmt. Es kann schon sein, daß ich nach Japan muß. Und von Anna hab' ich's auch gesagt, damit er nicht glauben soll, daß Anna ihn noch braucht.«

»Seit zwei Jahren ist er jetzt in aller Welt bekannt«, erläutert Anna mit dumpfer und ärgerlicher Stimme. »Ein Sprung in eine höhere Klasse. Das Revuegeschäft hat er aufgegeben. Weltbekannt und voller Dollars. Häuser in Florida und auf den Bahamas!«

»Soll ihn doch heute nacht der Schlag treffen«, sagt Edith. Und Vaclav:

»Nein, übermorgen früh.«

»Warum gerade übermorgen?« frage ich.

»Wenn er nicht hier in Venedig krepiert, erfahren wir vielleicht nichts davon. Das wäre mir lieber.«

»Von mir aus braucht er überhaupt nicht zu krepieren«, bemerkt Anna, »mir würde es reichen, wenn ich was von seinen Dollarmillionen erben würde. Aber da dies bestimmt nicht der Fall sein wird, könnt ihr euch denken, daß es mir egal ist.«

»Von mir aus soll er trotzdem auf der Stelle krepieren«, wiederholt Edith. Aber ich wußte, daß Ediths Ausspruch nicht so wörtlich gemeint war: wie so viele andere Bemerkungen von ihr, die brutal und vulgär klingen mochten, waren sie nur eine Augenblicksreaktion und bestätigten hier lediglich Ediths Freundschaft zu Anna und daß sie Breezy nicht verzeihen konnte, Anna geschädigt zu haben – während Annas Worte unfehlbar ihren verzweifelten Hang zum Geld offenbarten.

Ich hatte die Beschaffenheit des Erdgeschosses und der Zwischengeschosse im Hotel Monaco genau untersucht: ein sonderbares, unregelmäßiges Labyrinth beinahe in Schiffsbauweise, wie alle alten Hotels in der Nähe des Markusplatzes: enge Büros, dunkle, kleine Säle, Holzvertäfelung an den Wänden, kleine Fenster und niedrige Decken, an denen sich das unruhige Spiel der Sonne auf dem stets bewegten Wasser des

Canal Grande vor der Spitze der Dogana widerspiegelte. Vom Büro in der Rezeption, wo die Rechnungen bezahlt werden, ging es zum dunklen Absatz einer Treppe aus poliertem Holz. Einige Stufen höher gab es so etwas wie ein zweites Zwischengeschoß und noch einen ebenso dunklen Treppenabsatz, an dessen Seite die Telefonzentrale, und daneben einen Gang, an dessen Beginn sich eine Sprechzelle für die Gäste befand. Die Telefonzentrale war ein richtiger Verschlag: um überhaupt Luft zu bekommen, hatte die darin eingesperrte Telefonistin immer die Tür offen. In den Treppenschacht war auf die volle Höhe aller sechs Stockwerke der verzierte, vergoldete Käfig für den Aufzug eingebaut oder vielmehr eingezwängt. Unsere Zimmer befanden sich im obersten Stock. Verschiedene Male hatte ich nicht mit Edith zusammen den Aufzug benutzt, sondern war unter dem einen oder anderen Vorwand allein und nach ihr hinauf- oder hinuntergefahren. Ich wollte herausfinden, auf welche Art und Weise ich wieder die gleiche Situation wie im »Weißen Kreuz« schaffen könnte. Mit Herzklopfen, auch weil mich ja die Telefonistin dabei sah, machte ich meine Versuche. Ich ging in die Telefonzelle, ohne das Licht anzuknipsen, und stellte fest, daß es mir nicht schwer fiel, unbemerkt diejenigen zu sehen, die in den verglasten und beleuchteten Aufzug stiegen. Ich wollte heimlich für uns alle vier die Rechnung bezahlen. Aber dazu mußte ich, wie das andere Mal, einen Augenblick mit Anna allein sein. Ob es mir gelingen würde?

Alles hing davon ab, wie so viele kleine, unberechenbare Dinge geschehen und auch zeitlich ablaufen würden: die Koffer, die Gepäckträger, das Trinkgeld für das Zimmermädchen, wer zuerst fertig ist, wer zuletzt fertig ist... Mir war nämlich klar, daß die Rechnung nicht am Abend vor der Abreise bezahlt werden durfte, weil dann sicher die Ordnung und die Ruhe es mir nicht erlauben würden, mich mit Anna zurückzuziehen.

Das Flugzeug startete mittags in Malpensa. Wir wollten den letzten Abend romantisch auf dem Markusplatz verbringen, *celebrating* mit dem letzten, mehr oder minder mit Whisky begossenen Eis. Am nächsten Morgen würden Edith und ich in aller Frühe Anna und Vaclav von Venedig direkt zum Flughafen bringen, ohne erst nach Mailand hineinzufahren. Diesmal natürlich keine Gondel, um zum Piazzale Roma zu kommen. Und wenn uns der Portier Bescheid geben würde, daß das Motorboot am Steg wartete, dann wäre der rechte Augenblick gekommen.

So geschah es dann auch. Vaclav fuhr als erster hinunter, er allein; dann ich, und ich sah ihn gleich am Barfenster stehen, gegen das Licht: er trank ein Gläschen Schnaps und sah hinüber zur Dogana. Auf der großen goldenen Kugel spiegelte sich die erste Sonne. Ich ging hinauf ins Zwischengeschoß zur Rezeption, zahlte die Rechnung, stellte mich dann in die Telefonzelle und wartete in fast völliger Finsternis.

Ein kurzes Summen, ein Klicken, der Aufzug fuhr hinauf; zitternd kam er an mir vorbei, und sein altes Räderwerk ratterte und scheuerte in unregelmäßigen oder auch in regelmäßigen Abständen. Er hielt an: in der plötzlichen Stille dort oben waren die Stimmen deutlich zu hören. Dann ging mit einem schweren Schlag die Tür zu. Jetzt kam der Aufzug herunter, immer weiter herunter und mit äußerster Langsamkeit und sogar laut lärmend. Endlich erschienen die beiden, gedrängt hinter den vergoldeten Bögen und Spiralen, eingeschlossen hinter dem Glitzern der Gläser.

Ich wartete eine gute Weile und ging dann zu ihnen hinunter in die Halle.

Ich hatte einen Einfall. Aber jetzt merkte ich, wie mich der Mut dazu verließ.

»Anna«, sagte ich laut und so rasch ich konnte, damit meine Erregung nur nach Eile aussehen sollte, »Anna, wenn du deine Reiseschecks eintauschen willst, dann komm mit mir hinauf, die Rechnung zahlen. Am Flughafen geben sie immer viel weniger dafür.«

»Geh!« forderte Edith sie auf.

Anna folgte mir die Stufen hinauf. Ich ging an der Rezeption und auch an der Telefonzentrale vorbei: die Telefonistin sah mich jedesmal. Erst weiter hinten blieb ich stehen, im Gang hinter der Sprechzelle, wo es am dunkelsten war.

»Aber wir müssen doch hier bezahlen«, sagte Anna, die vor der Rezeption stehengeblieben war.

»Nein, komm her«, flüsterte ich.

Sie kam langsam herauf.

Ich wußte, daß nur ein paar Sekunden wirklich riskant waren, eben diese hier – falls Edith aus irgendeinem Grund zu uns heraufkommen und uns auf der Treppe überraschen würde –, und hatte mich darauf vorbereitet. Ich hätte Edith nur zu sagen brauchen, daß ich wegen der Eile schon bezahlt hatte und jetzt die Dollars von den Reiseschecks kassieren würde: der Kassierer würde sie Anna dann ja vor Ediths Augen auszahlen. Und irgendwie würde ich es schon noch fertigbringen, mir von Anna das Geld nicht zurückgeben zu lassen. Aber käme Edith ausgerechnet jetzt, dann wäre es schlimm. Einen Augenblick lang wünschte ich, Edith stünde nicht dort, sie wäre weit weg, ja, sie existierte gar nicht, aber im selben Augenblick erfüllte mich dieser Wunsch mit Schrecken: wehe, Edith existierte nicht, Edith war mein Leben!

Als Anna zu mir herangekommen war, sah ich ihr in die Augen und sagte, ich hätte schon bezahlt.

»O.k.«, meinte sie.

»We split it«, sagte ich.

»O.k.«, wiederholte sie und gab mir einen flüchtigen Kuß auf die Stirn. Ich roch ihr starkes, süßes, sinnliches Parfum. Ich wollte sie an mich ziehen, doch sie wich aus und lief hinunter, auf die Tür der Rezeption zu.

»Was machst du?« fragte ich sie leise und hielt sie zurück, »was machst du denn?«

»Du bist ein kleiner Junge. Ich fülle trotzdem ein paar Schecks aus, ich brauche Kleingeld. Komm mit. Beruhige dich doch. Um all die Schecks zu unterschreiben, die ich eigentlich unterschreiben müßte, brauche ich schon ein wenig Zeit. Wir können nicht gleich wieder hinuntergehen. Komm mit. Du bist ein kleiner Junge, aber du bist sehr nett gewesen.«

Sie ging hinein, legte ihr Krokodiltäschchen auf den Schalter, holte das Scheckheft heraus und unterschrieb ein paar Schecks. Ich war von hinten an sie herangetreten, sie hatte einen langgestreckten, weichen Rücken. Und ich sah ihren Nacken, eine glatte Mulde, erriet den einladenden Flaum unter der dichten, bewegten Fülle ihres dunklen Haars. Wieder atmete ich ihr Parfum ein und vergaß in diesem Augenblick alles andere.

Die Decke des kleinen Büros war so niedrig, daß Annas Haar sie zu streifen, die unruhigen, glitzernden Lichtreflexe der Wellen zu berühren schien. Vom Canal Grande vernahm man das Klatschen und Anschlagen der Gondeln am Landesteg.

9

Wir waren noch so jung, Edith war dreiundzwanzig und ich dreißig! Macht man in diesem Alter Pläne, und sei es nur für die nächste Zukunft, so denkt man ausschließlich an das, was einem in dem Augenblick am Herzen liegt, da man sie macht. Wir wünschten uns so sehr, in Kalifornien zu sein, daß wir gleich nach Vaclavs und Annas Verabschiedung, da wir nun schon einmal in Malpensa waren, zum Büro der TWA gingen und für den 27. August, also drei Monate im voraus, unseren Flug von Mailand nach New York buchten und unmittelbar anschließend den nach San Francisco mit nur zwei Stunden Unterbrechung auf dem Flughafen. Edith hatte gar nicht mehr daran gedacht, daß sie ja ihre Eltern wiedersehen wollte!

Natürlich besannen wir uns dann doch eines anderen. Wir flogen eine Woche früher und blieben ein paar Tage in Willimantic, übernachteten in einem Hotel in Hartford und dann in New York. Anna, die an dem Tag gerade nicht zu arbeiten brauchte, hatte uns mit ihrem Wagen am Flughafen abgeholt. Ediths Vater und Mutter ging es gut. Vaclav war nicht da: er war tatsächlich mit seinem Vorgesetzten in Japan. Und Anna hatte wirklich eine Zeitlang im Ernst daran geglaubt, daß die beiden sie mitnehmen würden. Vaclavs Kommandant hatte ihr Hoffnung gemacht, ohne sich freilich festzulegen. Aber Anna hatte schon deshalb darauf verzichten müssen, weil ihr Betrieb in Hartford ihr keinen weiteren Urlaub mehr zugestand. So hatte Vaclavs Kommandant sich bei Anna billig aus der Affäre gezogen und noch dazu einen guten Eindruck hinterlassen. Vielleicht war er bei seinem halben Versprechen gar nicht ehrlich gewesen, vielleicht hatte ihm Vaclav auch gesagt, daß er so gut wie sicher gar nicht in die Lage kommen werde, es erfüllen zu müssen. Anna behauptete dies jedenfalls. Und Edith, die ihre Verbitterung sah, lud sie ein, uns in New York die zwei Tage Gesellschaft zu leisten, bis wir nach San Francisco weiterfliegen würden. Aber obwohl Edith sie dazu drängte, verzichtete Anna wegen ihrer Arbeit darauf.

Zum erstenmal glaubte ich, zwischen den beiden großen Freundinnen eine gewisse nervöse Unstimmigkeit, eine leichte Gereiztheit zu erkennen. Meine und Ediths Finanzen waren nicht gerade rosig, konnten also bei Anna keinen Neid erwecken. Anna wußte, daß Edith mit ihren ganzen Ersparnissen nach Italien gekommen war und ich es ihr verwehrt hatte, sie anzugreifen. Aber es war ihr auch nicht unbekannt, daß in Amerika jetzt sie die Hotelrechnungen bezahlen wollte. Edith hatte schon von Italien aus nach Berkeley geschrieben und ihre Zulassung zu einem normalen Buchhaltungs-Lehrgang beantragt; sie war fest entschlossen, das Diplom zu machen und arbeiten zu gehen. Mein Gehalt reichte aus, um uns beiden ein standesgemäßes, wenn auch nicht gerade großzügiges Leben zu erlauben. Dieses absolute Bedürfnis nach finanzieller Unabhängigkeit war mehr auf Ediths Veranlagung zurückzuführen als auf den Einfluß einer Erziehung und einer Einstellung, die allen amerikanischen Mädchen gemein sind. Aber es war doch sonderbar, daß Anna Minderwertigkeitsgefühle hatte.

In der Hotelbar in Hartford, imitierte Chippendale-Einrichtung, tiefe Sofas aus Schaumgummi, dunkelrote Beleuchtung, hatte Edith am letzten Abend noch einmal darauf bestanden, daß Anna mit uns nach New York kommen sollte; sie konnte sich doch eine Ausrede fürs Geschäft einfallen lassen, zwei Tage krank spielen:

»Sag du's ihr doch auch, Edoardo! Wenn wir alle mit dem Wagen hinfahren, und sie zahlt das Benzin, sind wir quitt, und sie tut uns auch noch einen Gefallen. Sie ist so dumm, diese Verbohrtheit von ihr. Sag ihr's doch!«

Ich sprach mit Anna. Was blieb mir schon anderes übrig? Ich wünschte ja auch, daß sie mitkommen sollte, doch vielleicht wünschte ich es allzu sehr: folglich waren meine Worte gezwungenermaßen allgemein und nicht überzeugend. Aber ich konnte nicht umhin, ihr dabei in die Augen zu sehen. Seit wir uns am Flugplatz vor drei Tagen wiedergetroffen hatten, waren wir nie allein gewesen, stets nur mit Edith zusammen; und Annas Blick war mir bis jetzt noch immer heiter, herzlich, freundschaftlich erschienen und nichts weiter, ich war sicher, daß ich ihm mit einem gleichermaßen unschuldigen Blick begegnet war, als hätten ich und sie es ohne jeden Vorsatz fertiggebracht, das, was in Oropa und Venedig gewesen, zu vergessen, ungeschehen zu machen. Wie ich ihr aber nun beim Sprechen in die Augen sah, merkte ich, daß unser Bündnis keineswegs aufgelöst, sondern im Gegenteil zu einem unverbrüchlichen geworden war. Während ich sprach, sah Anna mich an, als hinge ihr Entschluß, nicht nach New York mitzukommen, auf eine widersprüchliche Weise mit unserem Pakt zusammen:

»Nein, danke, Edoardo, ich kann nicht«, sagte sie schließlich ganz ruhig. Und Edith, die es noch nicht aufgegeben hatte, fing von neuem an:

»Du kannst nicht? Du willst nicht. Wer weiß, wie lange wir uns jetzt nicht mehr sehen werden! Aber warum willst du denn nicht? Du bist albern!«

Am besten, sie machen das untereinander aus, dachte ich. Und ich stehe auf und gehe zur Bar, um ein Bier zu trinken. Dort ist es überfüllt. Und im Gehen achte ich gar nicht darauf, wie von einer anderen Seite ein in grellen Farben und äußerst spärlich bekleidetes blondes Mädchen mir zuvorkommt und sich auf den einzigen noch freien Hocker setzt. Niedlich und beschwipst bietet sie mir gleich zu trinken an. Ich lehne dankend ab.

»Aber Sie haben doch ein Bier bestellt, dann kann ich's Ihnen ja auch spendieren.«

»Danke, ich bin nicht allein ...«, und ich mache eine leichte Kopfbewegung nach hinten.

»Ich weiß, aber die sind doch auch zu zweit.«

Ich gehe auf den Scherz ein, lache, hole mein Geld aus der Tasche, um das Bier zu bezahlen, und reklamiere es beim Barmann, der gerade andere Leute bedient und mir mürrisch erwidert, ich solle warten, bis ich an der Reihe sei. Ich bleibe, ich bin verlegen. Die Blonde nutzt die Gelegenheit, reckt sich von ihrem Hocker mir entgegen, packt mich lachend am Arm, sagt irgendwas Witziges, und ich tue so, als verstünde ich's. Ich drehe mich verstohlen um und kann sehen, wie Edith und Anna erregt miteinander reden. Die Blonde läßt nicht locker, macht weiter in ihrem so gut wie unverständlichen Slang. Endlich bekomme ich mein Bier, bezahle, nehme die Hand der Blondine von meinem Arm und gehe mit dem Bier in die Chippendale-Ecke zurück. Ich höre, daß Edith wütend auf Anna einredet:

»... ich hab' verstanden, verdammt, ich hab' verstanden, du brauchst gar nichts mehr zu sagen! Wenn du glaubst, daß ich jetzt noch darauf bestehe, dann irrst du dich.« Anna erwidert nichts, sieht sie nur ruhig an und lächelt. Edith hebt die Stimme: »Bleib doch in deinem Scheißladen. Wenn ich dich schon mal um was bitte! Aber wenn du glaubst, daß du dich interessant machst, irrst du dich noch mehr. Scher dich zum Teufel!«

Ich setze mich wieder auf meinen Platz, versinke in dem Sofa, stelle das Glas Bier auf das Tischchen. Doch wie auf ein Zeichen hin erhebt sich Edith mit einem Ruck:

»Ich hab' diese Geschichte satt!« ruft sie aus. »Und ich bin müde und geh' ins Bett. Gute Nacht miteinander!«

»Good night, Edith, thank you«, sagt Anna sanft.

Ich bin erstarrt. Edith ist fort. Ich frage Anna, was denn zum Teufel vorgefallen wäre.

»Gar nichts. Nur komisch, daß du das nicht verstehst. Ich kenne sie eben viel besser als du. Ich weiß alles, was in ihr vorgeht. Eifersüchtig ist sie, das ist vorgefallen.«

»Eifersüchtig?! Eifersüchtig auf wen?«

»Auf dich. Weil sie gesehen hat, wie du dich mit der Blonden abgegeben hast.«

»Aber die ist doch betrunken! Habt ihr das nicht gemerkt?«

»Ja, aber du hast das Spiel mitgemacht, du bist gar nicht mehr von ihr weg.«

»Ich habe auf mein Bier gewartet.«

»Schon gut, das ist ja auch egal. Von hier aus hat's jedenfalls so ausgesehen, als würdest du das Spiel mitmachen.«

»Ich glaube eher, daß sie auf dich wütend ist. Den ganzen Tag bittet sie dich schon, mit uns nach New York zu kommen.«

»Ja, sie bedauert, daß ich nicht mitkomme, weil sie mich mag und weil wir weit auseinander leben werden. Aber in Wut geraten ist sie erst, als sie sah, daß du mit der Blondine gesprochen hast. Sie ist eifersüchtig, wahnsinnig eifersüchtig und will es nicht zugeben, nicht einmal vor sich selbst. Und eine Wut hat sie vor allem auf sich selbst, weil sie gemerkt hat, daß sie eifersüchtig ist. Sie ist schrecklich stolz. Das war schon immer so, auch als wir noch kleine Mädchen waren. Wenn ihr irgendwas bei irgendeinem ihrer Jungs nicht paßte, hat sie das nicht an ihm, sondern an mir ausgelassen. Sie hat mich beschimpft und sogar geschlagen. Ich hab's verstanden und ließ es geschehen. Aber geh jetzt hinauf, sonst denkt sie noch wer weiß was.«

»Von uns beiden?« frage ich, ohne recht zu verstehen oder vielleicht auch, weil ich diesmal fälschlicherweise aus ihrem Blick etwas anderes zu verstehen glaube.

»Nein, um Gottes willen, was sagst du da?! Von uns beiden niemals. Von der da ...« Und sie deutet zur Bar: »Geh sofort rauf, aber schnurstracks!«

»Ich geh schon, aber ... verabschieden wir uns nicht einmal?«

»Nein, ich komme morgen früh zum Bus.«

»Er fährt aber schon um fünf!« erwidere ich.

»Wenn ich dir doch sage, daß ich komme! Aber, he! sieh dich vor. Erzähl Edith ja nicht, daß ich zum Bus komme. Wehe, wenn du ihr was sagst, dann machst du alles kaputt. Lauf jetzt!«

Ich wollte das Bierglas ergreifen, ich hatte noch keinen Schluck getrunken. Sie hielt mir die Hand zurück:

»Das trinke ich. Beeil dich jetzt und laß sie nicht warten.«

Ich sollte die Wärme, die Sanftheit, den leichten Druck ihrer Hand auf der meinen niemals vergessen: doch stärker war jetzt mein Verlangen, augenblicklich Edith zu sehen.

Es war noch Nacht, als Anna pünktlich am Bus erschien. Die beiden Freundinnen umarmten und küßten sich lachend, als wäre nichts gewesen. Anna hatte recht gehabt, ich kannte Edith noch nicht gut genug. Am Abend desselben Tages waren wir in Berkeley in der kleinen, bescheidenen Wohnung, die das Sekretariat des *Italian Department* für uns gemietet hatte.

Berkeley, die ersten beiden Jahre. Wir besaßen nur einen einzigen Wagen, sie und ich, einen Mustang. Einige Ausflüge nach San Francisco, meistens am Freitag- oder Samstagabend, einige Touren mit dem Fahrrad auf die Hügel und die Wälder rings um die Bucht; und einmal mit dem Bus nach Los Angeles als Gesellschaftsfahrt. Sonst sind wir in diesen beiden Jahren nie über den Campus oder die unmittelbare Umgebung unseres Wohngebietes hinausgekommen, und wir gingen und kamen auch stets zu Fuß.

Ich arbeitete wie ein Besessener, und nicht nur für meine Kurse an der Universität, sondern ich studierte auch für mich selbst, studierte und schrieb und publizierte. Ganz allmählich und ohne mir dessen recht bewußt zu werden, hatte ich mich daran gewöhnt, englisch zu denken, und hatte auch gelernt, es unmittelbar und mit immer weniger Fehlern zu schreiben. Im darauffolgenden Jahr 1964 gab es einen kleinen Glücksfall. Ich begann damit, regelmäßig für eine literaturkritische New Yorker Wochenzeitschrift zu schreiben, für die ich heute noch arbeite: Artikel, die mir gleich sehr gut bezahlt wurden und die mein anfänglich nicht besonders gutes Gehalt an der Universität wesentlich aufbesserten. Ich wurde rasch zu einem Amerikaner in allem. Mit einer Ausnahme: ich war nicht imstande zu kochen. Um ehrlich zu sein, ich wollte nicht, irgend etwas in mir sträubte sich dagegen. Zum Glück war Edith eine tüchtige

Köchin, sie hatte es von ihrer Mutter gelernt, und sie machte mir alle Gerichte, die ich von den sonntäglichen Lunchs in Willimantic kannte: *knedliky*, gebratene Ente, Sauerkraut, Szegediner Gulasch, Krautwickel, *klobasy* mit Kartoffeln, *debrecinky*, *jatrnice* und wunderbare *palacinky* mit allen möglichen Marmeladen. Dabei lernte sie auch: *accounting*, Buchhaltung. Sie lernte unermüdlich, mit Ingrimm, übte sich jeden Tag, bereitete sich auf die Prüfungen vor, die sie im September 1965 ablegen wollte; mit dem Diplom würde sie mit Sicherheit sofort eine Anstellung finden. Beide wünschten wir uns ein Kind, doch sie war fest entschlossen, so lange aufzupassen, bis sie ihr Diplom haben würde. Ich bewunderte ihre Willensstärke, die ich bei ihr, die immer so ungeduldig war, gar nicht vermutet hätte. Eines Abends sagte ich ihr im Scherz, daß etwas deutsches Blut bei ihr zum Vorschein käme: sie warf mir eine Bierdose an den Kopf und verletzte mich leicht. Ich begriff gleich, daß es meine Schuld gewesen war, daß ich den falschen Augenblick gewählt hatte. Trotz ihrer durch die böhmische Abstammung bedingten Deutschfeindlichkeit hatte mein Scherz sie nicht beleidigt, hatte sie höchstens ein wenig verstimmt: wie gewohnt studierte und rauchte sie in einem fort, ich hatte Hunger und wollte, daß sie Schluß machte und zu Tisch kam, sie aber hatte keinen Hunger und wollte weiterlernen und weiterrauchen. Das war's. Ihre Verstimmung hatte sich in Empörung verwandelt, in eine Rebellion gegen das ganze Dasein, und nur deshalb, weil unser beider Rhythmen und Zeiteinteilungen nicht zusammenpaßten! Kurzum, sie hatte sich nicht verändert. Sie war immer noch die Edith von Willimantic und Storrs, von Virginia Cleaners und Cole's. Sie selbst glaubte freilich, daß sie sich verändert hätte. Sie machte sich vor, auf ihr Lernen und das höchste Ziel, nämlich das Diplom zu bekommen, alle Energien konzentriert zu haben, deren sie fähig war. Doch ihre Vitalität blieb davon unberührt, blieb unbezähmbar: als hätte sie dieser Einsatz nur angeregt, war sie sogar größer geworden. Und immer die gleichen Ausbrüche, die gleiche Heftigkeit; und Stolz, dunkles

Schamgefühl, nie eingestandene Eifersucht. Wir stritten uns fast täglich aus diesem oder jenem Anlaß, der zumeist ganz belanglos oder einfach nervös bedingt war. Die heftigsten Auseinandersetzungen begannen fast immer bei Tisch, wie in Willimantic, mit jener Überempfindlichkeit, die mich hie und da und stets ganz unerwartet überkam, wenn ich sie essen hörte.

Vielleicht war dies auch in der Tat der einzige Anlaß. Wie gewohnt, sagte ich ihr nie etwas, doch sie merkte es. Und da sie selbst, hätte sie Ähnliches empfunden, wenn sie mich essen hörte, mir dies mit brutaler Offenheit gesagt, ja, sogar zugeschrien hätte, ist es durchaus denkbar, daß gerade meine Zurückhaltung es war, die sie verstimmte und schließlich empörte. Sie verstand das nicht. Bei ihrem blinden Vertrauen in die Unfehlbarkeit ihres eigenen Instinkts mußte sie sich sagen: wenn ich darunter litt, wie sie die Suppe schlürfte und den Sellerie kaute, und mich nicht auf die gleiche Weise darüber beschwerte, wie sie es im entsprechenden Fall getan hätte, so bedeutete dies, daß ich sie nicht genügend liebte, bedeutete, daß meine Empfindlichkeit eine tiefe, unbewußte Antipathie gegenüber ihrer ganzen Person war, bedeutete, daß ich mich schuldig fühlte, ja, sogar schuldig war und darum schwieg.

Stimmte das? War etwas Wahres daran?

Einmal – ich war noch sehr klein und wir befanden uns in der Sommerfrische in einem kleinen piemontesischen Dorf – war ein alter Pfarrer für eine Woche unser Gast: bei Tisch wechselten meine Eltern fortwährend Blicke des Entsetzens.

Vielleicht war es auch nur dies: ein Überrest gutbürgerlicher Erziehung. Wenn ich nach dieser Begebenheit die diesbezüglichen ernsten Ermahnungen vergaß, die mir meine Eltern schon vorher erteilt hatten, und heißhungrig und geräuschvoll die Suppe verschlang, sagten sie streng:

»Eddy!« (Als Kind nannten sie mich immer Eddy.) »Eddy, mach es nicht wie Don Gonella!«

Ein Überrest von Klassengeist? Das meinte ich damals in Berkeley. Denn heute bin ich nach und nach zu dem schmerzlichen Verdacht gekommen, daß Ediths instinktives Gekränktsein mehr bedeutete. Wenn ich sie liebte, wie sie mich liebte, hätte ich nicht nur mit ihr darüber sprechen, sondern ihr sogar von Don Gonella erzählen und sie unbeirrt erziehen müssen, wie meine Eltern auch mich erzogen hatten.

Oder doch nicht? Gewiß nicht. So waren die Dinge nicht. Die Wahrheit ist noch viel tiefer zu suchen. Denn Edith hatte im Gegenteil ausgezeichnete Tischsitten und aß nie gierig. Es ging hier um jenes unwissentliche, fortwährende leise Geräusch, das niemand bei sich selbst wahrnehmen kann, das man aber, wenn man hinhört, bei jedem anderen Menschen wahrnehmen kann, der neben einem ißt.

Ich liebte sie, ja, ich liebte sie und ich liebe sie: außerordentlich, aber doch nicht genug, nicht ganz und gar. Denn ich machte bei ihr vielleicht irgendwie eine Unterscheidung.

In Berkeley stritten wir uns also wie immer schon und vielleicht auch mehr. Fast jeden Tag oder jede Nacht geschah es, daß ich fortging, aus dem Haus ging, auf den verlassenen Wegen in der Nähe des Campus herumlief und seufzte, schnaubte, fluchte: ich hatte dieses absurde Leben satt, wünschte, daß irgend etwas geschehen würde, daß es schlagartig unvermeidlich sein würde, Schluß zu machen, uns zu trennen! Vielleicht fürchtete Edith gerade dies: daß ich mich nicht beklagte und schwieg, weil ich meine Überempfindlichkeit genoß, weil ich sie pflegte, weil ich mir davon eine Hilfe erwartete, um mich von ihr trennen zu können.

Aber es verging mir jedesmal rasch, und auch ihr verging es jedesmal, wenn auch nicht ganz so rasch: ein paar Stunden Schmollen genügten, um ihren verletzten Stolz zu befriedigen, sie von der Haltlosigkeit ihres Grolls zu überzeugen.

Annas Briefe kamen in längeren und weniger regelmäßigen Abständen als zu den Zeiten ihrer Tourneen in Lateinamerika. Sie schrieb aus Willimantic, wo sie noch im Haus ihrer Mutter wohnte, oder aus Hartford, wo sie immer noch im selben Geschäft arbeitete. Edith, die von ihrem Lernen in Anspruch genommen war und im Gegensatz zu Anna nur ungern Briefe schrieb, antwortete ihr bisweilen per Telefon; jetzt konnten wir uns allmählich diese Ausgabe erlauben. Sie telefonierte auch mit ihren Eltern: ab und an, nicht nur an Familienfeiertagen und zu besonderen Anlässen. Bei den Alten ging alles gut – nicht so bei Vaclav. Der Plan, den Vaclav im ersten Jahr als sicher ausgegeben hatte, nämlich Anna nach New York zu holen, schien sich mittlerweile zerschlagen zu haben. Sie lebten immer noch getrennt. Der Aufenthalt in Japan war viel länger gewesen als vorausgesehen. Und Vaclav kam jetzt auch nicht mehr alle Wochenenden nach Willimantic; er hatte zunächst das eine oder das andere ausgelassen; dann mit irgendeiner Ausrede sogar drei oder vier hintereinander.

Schließlich kam bereits im Februar oder März 1965 ein langer Brief, in dem Anna schrieb, daß sie kurz entschlossen nach New York gefahren sei, ohne ihn vorher zu benachrichtigen, und alles entdeckt habe. Vaclav schlief nicht, wie er immer behauptet hatte, im obersten Stock des Hauses, wo sich das Import-Export-Büro befand, und zwar in einer winzigen Dreizimmerwohnung, deren eines Zimmer von ihm und die beiden anderen von zwei schwarzen Hauswarten bewohnt wurden: er schlief in einem prächtigen Zimmer im Heim seines Kommandanten.

Vaclav hatte geschworen und auch beinahe beweisen können, daß er erst einige Tage vor Annas überraschendem Besuch umgezogen war. Der Kommandant hätte immer wieder versprochen, ihm eine Wohnung in New York zu verschaffen, damit er Anna zu sich nehmen konnte – oder ihm das Gehalt zu erhöhen, damit er sich selber zu diesem Zweck eine kleine Wohnung besorgen konnte. Da aber der Kommandant sein Versprechen nie wahr machte, hätte Vaclav mit Kündigung gedroht. Und so hätte ihn sein Vorgesetzter, um ihn vorerst noch bei guter Stimmung zu halten, in seine eigene Wohnung genommen. Und Vaclav hätte nur zugesagt, weil er wußte, daß der Kommandant das Zimmer dringend nötig hatte: es war sein Zimmer für Besuche, die ja immer aus aller Herren Länder zu ihm kämen.

Doch Anna hatte das nicht geschluckt. Sie hatte ihm eine üble Szene gemacht und war nach Willimantic zurückgefahren. Aber weil sie schon seit langem in New York eine Arbeit suchte und trotz allem noch an ein bißchen Gutwilligkeit bei Vaclav glaubte, hatte sie ihm eine Frist gestellt. Sie wolle keineswegs auf seine Kosten leben, nur sei es zu schwer für sie, in New York eine Arbeit zu bekommen, ohne an Ort und Stelle zu sein. Wäre also Vaclav nicht imstande, sie noch in diesem Jahr zu sich zu nehmen, würde sie die Scheidung einreichen.

Diesen Brief von Anna hatte mir Edith ganz traurig gegeben: »Früher oder später mußte es ja so kommen! Ich hätte mich gewundert, wenn es anders gegangen wäre.« Und ich, nachdem ich den Brief gelesen hatte: »Aber in Venedig warst du doch vom Gegenteil überzeugt. Du warst glücklich, daß sie geheiratet hatten...«

»Oh, da waren sie auch erst einen Monat verheiratet. Vielleicht hatte ich da noch eine Hoffnung. Inzwischen ist so viel Zeit vergangen. Und im Grunde bin ich mir auch damals gar nicht so sicher gewesen. Darum habe ich dir gesagt, daß ich mich freute: weil ich Angst hatte, daß Vaclav so wäre... wie er ist. Und mit dir habe ich eine Probe gemacht. Ich glaubte selbst nicht an das, was ich sagte, aber ich wollte doch sehen, ob wenigstens du daran glaubtest.«

»Und ich glaubte in der Tat daran.«

»Ja, und dabei bist du eingeschlafen«, sagte sie lachend. »Ich erinnere mich an alles, weißt du. Ich habe eben ein großartiges Gedächtnis!«

Am letzten Tag im Juni bekam ich ein Telegramm: meine Mutter, die schon seit einiger Zeit ernstlich erkrankt war, lag im Sterben. Wir nahmen das erste Flugzeug, das die sogenannte Polarroute über London flog, weil dies schneller ging.

Meine Mutter starb vier Tage nach unserem Eintreffen. Sie konnte nicht mehr sprechen, aber sie erkannte mich und drückte mir verzweifelt die Hand. Es dauerte etwas länger, bis sie auch Edith erkannte. Mit einer schmerzlichen Grimasse, die ihr geschwollenes Gesicht entstellte, machte sie den Versuch, sie anzulächeln, um ihr zu zeigen, daß sie sie erkannt hatte.

Nichts ist in der Rückschau so traurig und beschämend wie die Wahrnehmung unserer Kleinmütigkeit während der Agonie eines geliebten Menschen. Wir flogen damals mit dem Wunsch hin, es möge so schnell wie möglich zu Ende gehen, und wir glaubten nur zu gern, daß wir ihr auf diese Weise ein kürzeres Leiden wünschten; aber die Wahrheit sah leider anders aus: wir selbst, ja, wir selbst waren es, die nicht leiden wollten und tatsächlich auch nicht litten. Wir langweilten uns und wußten, daß wir so tun mußten, als würden wir leiden. Doch Edith heuchelte nicht. Sie machte sich augenblicklich bei all den kleinen und äußerst unangenehmen Dingen nützlich, die man andere nur dann nicht verrichten läßt, wenn man wirklich liebt. Edith und meine Mutter hatten nur wenige Monate zusammengelebt, sich aber vom Augenblick ihres Kennenlernens an geliebt.

Nach diesen vier Tagen, die mich heute in der Erinnerung Ediths ganze Großmut und meinen Egoismus voll erkennen lassen, mußte ich mich um die Dinge kümmern, die ich gar nicht in Erwägung gezogen hatte, obwohl ich ja wußte, daß ich sie irgendwie würde erledigen müssen. Meine nächsten Verwandten, ob in Mailand, Turin, Novara oder Vercelli, waren Vettern zweiten oder dritten Grades, die auch meiner Mutter nur sehr selten zu Gesicht gekommen waren. Zu meinem Beistand hatte ich also nur Edith, den alten Obersten Spingardi und eine junge Frau, die mit meiner Mutter befreundet gewesen war und sehr an ihr gehangen hatte. Es mußte, wenn auch formlos, eine Aufstellung der Bücher, der Papiere, des Silbers, der Bilder und der Kleinkunst gemacht werden, also all der Dinge, die irgendeinen Wert besaßen und die meine Mutter während meines ersten Aufenthalts in Amerika nicht hatte verkaufen müssen. Es mußte also summarisch katalogisiert, geteilt, verpackt und vor allen Dingen entschieden werden, was an mich nach Kalifornien geschickt werden sollte; der Rest mußte dann für Erinnerungsgeschenke, den Verkauf oder die Vernichtung bestimmt werden. Damit verging eine gute Woche. Und es gab noch ein anderes Problem, nämlich den Verkauf der Wohnung: angesichts meines festen Entschlusses, in den Vereinigten Staaten zu bleiben und die Staatsbürgerschaft zu erwerben, hatte ich nun eine Menge bürokratischer und notarieller Dinge zu erledigen, die, obwohl ich sie sofort eingeleitet hatte, einen längeren Aufenthalt von mir in Mailand erforderten. Im Juli und August sind viele Ämter geschlossen. Edith hingegen wollte nach Berkeley zurück, die letzten beiden Studienmonate waren die wichtigsten für die Prüfungen und für das Diplom im September: und September war der früheste Zeitpunkt, um die Verfügbarkeit zugesprochen zu bekommen, die Eintragungsgebühr zu entrichten, die Hypothek zu löschen usw. Einziger Ausweg: ich erteilte einem befreundeten Anwalt die notwendigen Vollmachten, einschließlich des Auftrags, einen guten Käufer für die Wohnung zu finden und einen Vergleich zu unterschreiben, der dem Verkaufsvertrag vorangehen mußte. Dann flogen wir wieder über die Polarroute nach Kalifornien zurück. Im September, wenn Edith ihre Examen hätte, würde ich dann allein nach Mailand fliegen und in wenigen Tagen alles zum Abschluß bringen. Und tatsächlich ging einmal alles wie geplant. Meistens hält man das für ein glückliches Vorzeichen, aber das Glück hat damit nichts zu tun: was zählt, das halten wir vor uns selbst verborgen.

In den ersten Septembertagen war ich in Mailand und buchte bereits für Montag, den 27., meinen Rückflug nach Amerika. In dieser Jahreszeit war es nicht mehr möglich, die Polarroute zu fliegen, also mußte ich über New York. Der Notar und mein Anwalt hatten mir garantiert, daß ich, wie auch immer, also auch für den Fall, daß die italienische Bürokratie noch langsamer arbeiten würde als sonst, am 27. wieder abreisen könnte. Schon lange im vorhinein schickte ich Edith ein Telegramm, daß ich am 27. abends in San Francisco sein würde, und gab ihr die Flugnummer durch. Edith hatte bis dahin noch einige Prüfungen, doch an dem Tag würde sie mich am Flughafen abholen können und vielleicht auch schon das Resultat wissen. Es geschah etwas völlig Unerwartetes. So ist es eben in Italien. Alles war eine Woche früher fertig, am Montag, dem 20., um vier Uhr nachmittags. Wenn ich einen Platz im Flugzeug bekam, konnte ich schon am 21. abfliegen! Das Herz klopfte mir bis zum Hals. Vielleicht würde ich Edith morgen schon in meine Arme schließen können!

Ich ging ins Hotel zurück und rief von meinem Zimmer aus die TWA an. Sie konnten mir nicht gleich eine Antwort geben, sie würden nachsehen und mich dann zurückrufen. Voller Hoffnung holte ich ein Formular aus der Schublade des Tischchens, auf dem das Telefon stand, und schrieb noch ein Telegramm an Edith, daß ich statt am 27. schon am 21. kommen würde, und sie sollte zu Hause bleiben, falls sie nicht die Möglichkeit hätte, mich am Flughafen abzuholen.

Ich erwartete jeden Augenblick den Rückruf der TWA. Da das Telefon noch nicht klingelte, änderte ich einige Worte im Telegramm und schrieb es mit der Maschine ab: gleich nach Durchsage der Bestätigung wollte ich rasch zu Italcable laufen, nur zwei Schritte vom Hotel entfernt; das Telegramm war in Englisch abgefaßt, also hielt ich es für besser, es nicht per Telefon aufzugeben.

Endlich klingelte es. Sie bedauerten, sie konnten mir weder ja noch nein sagen, aber sie würden mich gegen sieben Uhr, früher nicht, noch einmal anrufen und mir dann endgültig Bescheid geben. Ich sagte, falls ich nicht im Hotel sei, sollten sie den Portier benachrichtigen und einen eventuellen Platz auf alle Fälle für mich reservieren, das Ticket hätte ich schon. Ich faltete das Telegrammformular zusammen und steckte es in die

Tasche; dann packte ich rasch die Koffer, nur um die Nervosität wegen dieser Ungewißheit zu überwinden: ich wollte für alle Fälle reisefertig sein. Aber das war ich schon nach zehn Minuten. Ich ging hinaus, lief bis zur Piazza del Duomo und sah alle Augenblicke auf die Uhr, die mir unendlich langsam zu gehen schien. Ich betrat den Corso. Sah mir die Geschäfte, die Boutiquen an, dachte an ein Geschenk für Edith. Aber was würde sie gern haben? Ein Parfum, ein seidenes Tuch, einen leichten Mantel oder vielleicht eine hübsche Tasche? Sie mochte nichts von all dem, was sonst den Frauen gefällt. Zwei Jahre Ehe hatten sie auch darin nicht ändern können. Ihr Geschmack blieb einfach, bescheiden und sonderbar kindlich.

Aber zum erstenmal in meinem Leben konnte ich etwas Geld ausgeben, ohne lange überlegen zu müssen, wie ich es ausgab. Ich hatte die Wohnung verkauft und einen ganz unerwarteten Dollarbetrag dafür kassiert, und ich wußte auch schon, was ich damit anfangen würde. Er reichte für eine großzügige Anzahlung, die es mir erlauben würde, ein Häuschen auf dem Hügel über Berkeley zu kaufen, im Vorort Spruce: voller Wäldchen und stets blühender Gärten, hoch und wunderschön über der Bucht gelegen. Man konnte alles überschauen, ein großartiges Panorama: Bay Bridge, die weißen Wolkenkratzer von San Francisco, den Golden Gate, den Tamalpaïs-Berg... Bei den kleinen Ausflügen mit Edith tagsüber mit dem Fahrrad oder nachts zu Fuß hatten wir uns am Ende stets für Spruce entschieden. Nachts blieben wir verzaubert stehen, um die fernen Lichter zu betrachten, Myriaden im Umkreis, nicht zu entschlüsselnde Bilder irdischer Konstellationen, nicht so verschieden von den himmlischen, die für mich ebenso menschlich waren, aber nur mich allein faszinierten: Edith wollte sie nie betrachten, wollte auch nicht, daß ich sie ihr erklärte, sie interessierte sich nur für die Lichter der Erde.

Ein Haus in Spruce! Aber auch diesmal wollte ich nicht *to raise her hope*, wollte ich ihr keine Hoffnungen machen auf die Gefahr hin, sie dann enttäuschen zu müssen. Ich hatte ihr nie gesagt, daß es mir vielleicht gelingen würde, die Wohnung in Mailand für eine Summe zu verkaufen, die es uns erlauben könnte, ein Haus in Spruce zu erwerben. Aus demselben Grund hatte ich ihr auch lediglich angedeutet, daß mich das Department zusammen mit meiner Bestätigung für die folgenden Jahre vielleicht noch vor Ende 1965 zum *full professor* erklären würde, das heißt zum Ordinarius, eine Ernennung, die eine Verdreifachung des Gehalts mit sich brachte. Ich hatte ihr aber nicht gesagt, daß dies anscheinend schon beschlossene Sache war. Bei meiner Rückkehr würde ich vielleicht die freudige Nachricht vorfinden. Wie viele Überraschungen hatte ich für sie! Aber jetzt, was konnte ich ihr jetzt erst einmal schenken?

Wieder sah ich auf die Uhr. Es war noch früh. Bei San Babila angekommen, ging ich über die Via Montenapoleone wieder zurück. Andere Geschäfte, noch mehr Luxus. In der Auslage eines Juweliers sah ich einen Armreif, massiv, aber äußerst zierlich: Aquamarine in Platin gefaßt, wie ich glaubte. Er schien mir wie geschaffen für Edith. Aber der Preis? Natürlich wäre es Wahnsinn, ihn zu kaufen. Ich erinnerte mich an das, was mir ein Freund gerade in der Via Montenapoleone einmal vor der Auslage eines Juweliers gesagt hatte, nicht dieses, sondern eines anderen, berühmten, den es jetzt nicht mehr gab. Wir waren beide Philologiestudenten, Kommilitonen. Ich hatte keine Lira in der Tasche und habe nie begriffen, warum mich Juwelen stets faszinierten. Mein Freund war ein Geistlicher, Pater Rosminiano, Doktorand in lateinischer Literatur, vorurteilslos, geistreich, sehr modern, aber im Grunde hatte er jansenistische Ideen. Sein Name war Biagioni, Don Biagioni.

»Weißt du, was diese Edelsteine sind, was überhaupt dieser ganze Schmuck ist, den die Reichen ihren Geliebten zu schenken glauben?« fragte er mich und unterbrach damit meine stumme Betrachtung. Ich drehte mich um, sah, wie er mich mit einem gewitzten, verächtlichen Lachen anschaute. Ich erwiderte:

»Wieso *glauben* sie, ihn zu schenken? Manchmal tun sie es doch auch!«

»Nie oder so gut wie nie. *Namque non dominae tuae sed tuae ipsae obtulisti mentulae coronas:* Nicht deiner Dame, sondern deinen Genitalien weihtest du Opferkränze.«

Doch, gewiß, es war schon etwas Wahres an den Worten des Don Biagioni. Aber der ganz und gar natürliche Wunsch, einem geliebten Menschen etwas Kostbares zu schenken, ist nicht immer oder jedenfalls nicht nur eine sexuelle Ersatzhandlung. So sagte ich mir jetzt vor der Auslage und konnte mich nicht von der Betrachtung der dunkelblauen Steine trennen.

Aber nein, es war absurd, ich konnte nicht, durfte nicht. Was würde sich Edith schon aus diesem Armreif machen, selbst wenn er ihr gefiele? Ein Wahnsinn, den sie mir nie verzeihen würde. Trotzdem ging ich hinein. Ich ging hinein, um den Armreif aus der Nähe zu sehen, ihn anzufassen. Und auch aus Neugierde, was er wohl kosten würde.

Der Preis war so hoch, daß ich gleich erleichtert aufatmete; aber wie ich's mir beim Betrachten der Steine so überlegte, konnte ich es nicht recht fassen:

»Wieso sind eigentlich Aquamarine so teuer?«

»Was sagen Sie da, mein Herr! Das sind keine Aquamarine! Der Aquamarin ist niemals ein Stein von großem Wert! Das sind Sternsaphire, *star-sapphires*! Viel seltener und viel wertvoller als fast alle anderen Saphire! Schauen Sie bitte durch die Lupe. Sie werden in jedem Stein einen weißen Stern sehen.«

Ich schaute durch die Lupe und sah die Sterne. Und das Blau war keineswegs jenes blasse und wäßrige Blau der Aquamarine. Es war ein schaumiges Dunkelblaugrau, erinnerte an schäumendes Meerwasser. Ein Blau, das näher am Graublau als am Blau, als am Aquamarin war, mehr aber noch Ediths Augen glich, die ich aus meiner Unwissenheit heraus und in Ermangelung eines besseren Ausdrucks dunkelblau nannte. Ediths Augen waren also nicht einfach dunkelblau, sie waren Sternsaphire! Seufzend gab ich den Armreif zurück. Doch der Verkäufer verstand:

»Da wäre vielleicht dieser noch: er kostet nicht einmal ein

Zehntel des andern, aber die Wirkung ist die gleiche. Es ist nur eine Sache des Geschmacks. Manchen gefällt er sogar besser als der andere. Bitte. Amethyste in Weißgold, nicht in Platin gefaßt. Schauen Sie.«

Beim Betrachten dieses Reifs sagte ich mir, daß er Edith bestimmt nicht gefallen würde, die Amethystfarbe machte sie traurig. Aber ich gehörte vielleicht zu jenen, denen er »sogar besser gefällt als der andere«. Magie der Steine? Möglich. Ich wußte nur dies: daß ich wie von einem inneren Erschauern dazu gedrängt wurde, diesen Reif mit den Amethysten zu kaufen, und daß es mich Überwindung kostete, nicht daran zu denken. Ich sah auf die Uhr: jetzt lief die Zeit! Ich war unglaublich lange beim Juwelier und draußen vor der Auslage geblieben. Ich sagte, daß ich es eilig hätte und womöglich noch einmal kommen würde. Ich rannte ins Hotel zurück.

Die TWA hatte ausrichten lassen, ich solle zurückrufen. Das wunderte mich, weil doch vereinbart war, daß ich auf alle Fälle ein Ja oder ein Nein erhalten würde. Ich rief an. Sie bedauerten, aber sie konnten immer noch keine definitive Auskunft geben. Ob sie mich morgen früh anrufen könnten?

»Morgen früh«, erwiderte ich, »oder nachts, gleichgültig, um welche Zeit! Ich bin reisefertig...« Mir war im letzten Augenblick ein Gedanke gekommen: »Und, sagen Sie, falls es für morgen keinen Platz mehr geben sollte: gäbe es dann noch einen nach dem 22., am 23. oder 24., oder auch am 25. oder 26.? Ich meine überhaupt den ersten Flug mit einem freien Platz.«

Nein, war die Antwort, nachdem sie kontrolliert hatten. Falls nicht jemand verzichtete, mußte ich eben, wie gebucht, am 27. fliegen.

In dieser Nacht konnte ich nicht einschlafen. Das geschieht mir sehr selten. Vielleicht wegen des ungewissen Abflugtermins? Oder hatte ich in meiner Zerstreutheit und Nervosität abends zuviel gegessen und getrunken?

Im Halbschlaf dachte ich noch einmal an meinen Mailänder Aufenthalt wie an einen Alptraum: an die Ämter, die Banken, den Notar, den Rechtsanwalt und vor allem an diesen letzten Tag, der, sollte ich morgen fliegen, wohl für wer weiß wie lange mein letzter in Italien gewesen war. Und an die Auslagen im Corso und in der Via Montenapoleone, an den Juwelier. Meine Gedanken kehrten immer wieder dorthin zurück, gebannt von der Farbe dieser Amethyste. Nein, sie paßten nicht an Ediths Handgelenk, ich hatte gut daran getan, sie nicht zu kaufen. Und ich beglückwünschte mich dazu: Bravo, sagte ich mir, das ist klug von dir gewesen. Doch an wessen Handgelenk würden sie passen?

Gewiß an Annas Handgelenk. Vielleicht schlief ich in Gedanken an Anna schließlich ein.

Das Telefon weckt mich auf. Es ist sieben Uhr. Es gibt einen Platz. Ich muß um halb elf in Malpensa sein.

Um acht Uhr war ich draußen vor dem Hotel. Die Koffer hatte ich beim Portier gelassen, ich würde sie später mit dem Taxi abholen. Nur wenn ich jetzt laufen würde, glaubte ich meiner Erregung Herr zu werden. Ein langer Spaziergang zum Cavour-Park, wieder Via Manzoni, wieder die Piazza del Duomo, wieder der Corso. Ab und zu machte ich eine Pause und trank einen Kaffee.

Er ist immer so gut, der Kaffee in Italien. Wie viele Jahre würde ich ihn jetzt nicht mehr trinken können? In wieviel Jahren würde ich wieder zurückkommen? In drei? In vier?

In vier; so viele Kaffees, wie ich getrunken hatte, als ich in der Via Montenapoleone wieder vor dem Juweliergeschäft stand. Es ist fünf Minuten vor halb zehn. Das Geschäft ist geschlossen. Ich hatte es mir gedacht: viele Luxusgeschäfte öffnen nicht um neun, sondern erst später, auch um zehn. Aber bis zehn kann ich nicht warten. Wenn sie um halb zehn öffnen, gut. Wenn nicht, nehme ich ein Taxi in San Babila, fahre erst ins Hotel und dann rasch nach Malpensa.

Um neun Uhr neunundzwanzig wurde das Geschäft geöffnet.

Erst als der Flug schon aufgerufen war und ich mit allen andern dem Ausgang aufs Rollfeld zustrebte und meine Hand in die Tasche steckte, um die Bordkarte herauszunehmen, fand ich auch etwas, wonach ich gar nicht gesucht hatte, das Formular mit dem Telegramm für Edith: ich hatte es vergessen.

Vielleicht reichte die Zeit noch? Ein rascher Lauf zum Schalter in der Halle, was gehört schon dazu, ein Telegramm aufzugeben?

Aber nein, es ging schon in Ordnung so: warum sollte ich's mir nicht wenigstens jetzt eingestehen? In Wirklichkeit hatte ich es ja gar nicht anders haben wollen.

In New York, gleich nachdem ich die Kontrolle und den Zoll hinter mich gebracht und mein Gepäck geholt hatte, rief ich von einem Telefon in der Halle Willimantic an. Die schon so schnellen Flüge nehmen der Sonne Stunden weg: es war erst frühnachmittags. Annas Mutter war am Apparat. Sie hatte mich ein einziges Mal gesehen, ich sprach jetzt englisch mit einwandfreiem amerikanischen Akzent, an der Stimme konnte sie mich also nicht erkennen. Anna war im Geschäft in Hartford. Es ist dringend, ich bitte um ihre Nummer.

Ich rufe im Geschäft an. »Mrs. Anna Russo? *I'm a friend, a friend from Italy.*« Edith hatte ihr bestimmt geschrieben, daß ich nach Italien gereist war. Sie würde schon verstehen. Nein, leider könne ich meine Nummer nicht angeben, ich sei auf dem Flughafen in New York.

Es war die längste Wartezeit meines Lebens. Eine Qual: ich fürchtete, wie dies ja auch hier in Amerika und besonders in New York passiert, jeden Augenblick könnte die Verbindung unterbrochen werden. Ich hatte mir eine ganze Menge Vierteldollarstücke mitgenommen, jedesmal, wenn der *operator* ankündigte, die Sprechzeit sei vorbei, steckte ich zehn auf einmal hinein. Ich betastete wie einen Talisman das Etui mit den Amethysten, das ich, in Seidenpapier verpackt und mit einer hübschen lila Schleife versehen, seit meiner Abreise in meiner inneren Rocktasche überm Herzen trug. Mein Gott, was würde jetzt passieren? Schließlich und endlich könnte sie mir auch nein sagen, oder daß sie an dem Abend gerade verabredet sei. Zwei Jahre waren inzwischen vergangen, zwei Jahre und noch mehr: vielleicht hatte sie einen anderen Mann gefunden, das war sogar sehr wahrscheinlich, da Vaclav ja nicht zählte. Bei ihrer provozierenden Schönheit, und da sie in einem großen Laden arbeitete, sahen sie doch täglich wer weiß wie viele! Ich steckte hintereinander Geldstücke hinein, auch ohne Aufforderung, ich wollte kein Risiko eingehen:

Ihre Stimme. Tief, warm, ruhig:

»*Who's speaking, please?*«

Ich empfand es wie ein Wunder, empfand Dankbarkeit:

»Anna«, sagte ich. Das genügte:

»Edoardo!« Aber gleich sprach sie wieder ganz ruhig, fragte, wo ich war und was ich tat.

Ich sagte, daß ich bei ihr zu Hause angerufen hatte, um die Nummer des Geschäfts zu bekommen, daß ich aber ihrer Mutter meinen Namen nicht genannt hatte, weil Edith nicht wußte, daß ich schon in Amerika war, und es auch gar nicht wissen sollte: »Sie erwartet mich am 27., am nächsten Montag, in einer Woche.«

»Willst du herkommen?«

»Natürlich sofort, wenn du nicht nach New York kommen kannst. Aber wenn du herkommst, ist es besser, natürlich viel besser.«

»Ich verstehe«, erwiderte sie und schwieg. Ich dachte schon, die Verbindung sei unterbrochen worden.

»Anna?«

»Ja, Lieber. Ich überlege. Ich müßte den Manager um Urlaub bitten.«

»Bitte um Urlaub für die ganze Zeit.«

»Was willst du damit sagen, die ganze Zeit?«

»Die ganze Zeit, die ich hierbleibe. Einen Urlaub bis Freitag abend, den 25., dann kommen noch der Sonnabend und der Sonntag, der nächste Sonnabend und der nächste Sonntag. Da bist du doch frei, oder?«

»Ja. Nein. Ich bin's eigentlich nicht, ich hätte eine Party bei Freunden, aber ich mach' mich für dich frei. Vorher wären da aber noch zwei Tage Sonderurlaub: ich glaube kaum, daß ich die bekomme. Zwei Tage, von morgen abend bis Freitag.«

»Warum morgen abend? Kannst du nicht heute abend kommen? Das wäre ein Tag mehr.«

»Edoardo, du bist verrückt.«

»Ja, ich bin verrückt. Aber ich bitte dich.«

»Laß mich nachdenken.« Wieder schwieg sie, dann, stokkend: »Also gut, nehmen wir mal an ... nehmen wir an, daß man mir frei gibt...«

»Aber sie sollen dir gleich frei geben, schon morgen, dann kommst du heute abend! «

»... ich glaube, das wird nicht möglich sein. Aber nehmen wir's einmal an: wohin soll ich denn kommen?«

Ich gab ihr den Namen des Hotels. Es war nicht eines der allerersten, aber gewiß doch eines der ersten in New York. Ich hatte schon an alles gedacht. Und ich sagte ihr, daß ich an alles gedacht und auch ein Geschenk für sie hatte:

»Ich habe es bei mir, ich fasse es an. Und ich hoffe, daß es dir gefällt. Also, Anna...«

»Also, ich weiß nicht, aber wenn es heute abend nicht sein wird, dann wird es jedenfalls morgen abend sein. Hast du die Telefonnummer deines Hotels? Falls ich heute abend nicht komme, rufe ich dich an.«

»Ich muß im Verzeichnis nachsehen. Du kannst neben dem Telefon warten. Ich rufe dich gleich wieder an.«

Eine Minute später rief ich sie wieder an. Während sie schrieb und dabei langsam die Zahlen wiederholte, merkte ich an ihrer Stimme, daß auch sie aufgeregt war. Ich fragte, ob sie mit dem Wagen kommen würde und den Weg gut kannte.

»Das kannst du mir glauben! Das letztemal, zu diesem verdammten Vaclav, bin ich Rekordzeit gefahren. Mach dir darüber keine Gedanken. Sag mir lieber, wann du frühestens im Hotel bist.«

Vom Flughafen bis ins Zentrum von Manhattan braucht man nicht mehr als zwei Stunden. Damit sie mich mit Gewißheit erreichte, konnte sie in drei Stunden anrufen.

»Also, dann machen wir's, wie ich gesagt habe: wenn ich heute abend nicht komme, rufe ich dich an. O.k.?«

»O.k.«

»Edoardo?«

»Ja, was denn?«

Ohne jede Erregung jetzt, sagte sie fast feierlich: »Edoardo, ich hätte so einen Anruf wie diesen von dir nicht erwartet. Aber jetzt will ich dich.«

Ich hoffte, sie würde nicht anrufen.

Je mehr Zeit verstrich, um so mehr hoffte ich.

Gegen zehn Uhr ging ich aus dem Zimmer und sagte bei der Zentrale Bescheid, daß ich in der Halle sei, falls man mich anrufen würde. Ich setzte mich in einen Sessel, von dem aus ich den Haupteingang auf der einen Seite und den Portier und die Rezeption auf der anderen Seite übersehen konnte. Luxushotel, viel Betrieb, auch Ausländer. Ich hatte ein größeres Zimmer mit Doppelbett genommen. Der Preis war höher, als ich gedacht hatte: Gewissensbisse, doch zugleich Lust oder vielmehr Wunsch, Hoffnung auf Lust, Gewißheit einer Lust.

Immer, wenn jemand durch die drehbare Glastür kam, war es wie ein Schock. Kam eine Frau, erhob ich mich und ging einige Schritte vor, um die Eintretende früher und aus größerer Nähe sehen zu können. Auch die Rezeption mit dem Portier ließ ich nie aus den Augen: Anna mußte ja ihren Wagen parken, das war nicht leicht, und demnach konnte sie auch durch einen Nebeneingang hereinkommen.

Von Ungeduld getrieben, trat ich hinaus: vielleicht würde ich sie vorfahren sehen, dann wollte ich ihr sagen, daß ein Hotel dieser Kategorie über eine Garage verfügt, man gibt den Schlüssel dem Portier, der kümmert sich dann um den Wagen.

Es nieselte, es war Ende September, doch schon kalt. Und wenn sie gerade jetzt anderswo hereingekommen wäre?

Ich kehrte zurück ins Hotel und fragte den Portier, ob sich jemand nach mir erkundigt hätte. Und während ich den Portier ansah, der meine Frage verneinte, und auch schon einen Augenblick zuvor, als ich mir Anna draußen vorgestellt hatte, wurde mir klar, daß Anna eigentlich wissen mußte, wie sie es mit dem Wagen zu halten hatte: sie war doch sicher nicht zum erstenmal in einem Grand Hotel!

Ich setzte mich wieder auf meinen Beobachterposten. Ich hatte nichts gegessen und nichts getrunken und wollte nichts trinken. Ich rauchte eine Zigarette nach der anderen. Hie und da tastete ich nach dem Etui mit den Amethysten, die ich immer noch auf meinem Herzen trug. Plötzlich sagte ich mir, es wäre doch dumm, in dieser Spannung zu verharren, nicht zu reagieren, nicht den Versuch zu machen, an anderes zu denken. Ich holte mir die Tageszeitungen, ich kannte sie noch nicht, ich begann zu lesen.

Ich las und las, unterbrach aber fortwährend meine Lektüre, um nachzusehen, wer hereinkam oder zum Portier ging. Waren es Frauen, insbesondere hochgewachsene und nicht gerade magere, die ihr von weitem ein wenig ähnlich sahen, haßte ich sie, hätte sie zu Asche verbrennen können. Was für ausdruckslose Gesichter, was für dämliches Lachen! Warum gab es die überhaupt? Was taten die hier?

Ich las, und einen Augenblick danach wußte ich schon nicht mehr, was ich gelesen hatte. Was sich auf der ganzen Welt zugetragen hatte, war ohne jede Bedeutung, erschien sinnlos, unnötige Aufregung, ein Zittern schwarzer, unleserlicher Zeilen, als würden die Worte, deren jedes ein Eigenleben führte, sich nicht miteinander verbinden. Nur die Unglücksfälle, die Gewalttaten, die Katastrophen, die Verbrechen, die Toten sagten mir etwas, fanden einen Augenblick lang meine Aufmerksamkeit: vielleicht fühlte ich dunkel, daß sie eine Beziehung zu mir hatten, zu dem, was ich in diesen Stunden empfand, daß sie

Geschehnisse waren, die zum selben Kreis, zum selben Höllenkreis gehörten, in dem ich mich befand.

Stunden, ja, Stunden. Ein Uhr nachts. Im Foyer war schon keiner mehr. Immer seltener kamen Leute herein. Ich dachte bereits, daß ich vielleicht resignieren, alle Hoffnung aufgeben sollte. Ich harrte nur noch aus, weil ich wieder Annas warme Stimme zu hören vermeinte: »Falls ich nicht komme, rufe ich dich an.« Sie hätte das ganz bestimmt getan. Oder auch nicht? Und wenn etwas passiert wäre? Wenn es ihr nicht möglich gewesen wäre, mich anzurufen? Ein Autounfall? Oder wenn sie sich von vornherein vorgenommen hätte, nicht zu kommen und auch nicht anzurufen? Oh, das war ja schließlich nicht ganz von der Hand zu weisen. Auch sie konnte Gewissensbisse haben, wenn sie an Edith dachte. Und vielleicht gerade darum, weil sie gewahr wurde, daß zwischen ihr und mir etwas Grausames, Monströses zu entstehen im Begriff war, mochte sie zu dem Schluß gekommen sein, es wäre besser, dieses Etwas *im Keim zu ersticken*: einfach so, ein für allemal, ohne mich anzurufen.

Es ist wahr, sie hatte mir auch gesagt: »Jetzt will ich dich.« Warum sollte sie mich anlügen? Ich hatte den Eindruck gehabt, sie sei ehrlich gewesen. Aber gerade diese Ehrlichkeit und das plötzliche heftige Verlangen konnten in ihr die Gewissensbisse ausgelöst haben. Wenn sie's ein wenig leichter genommen hätte, wer weiß, vielleicht wäre sie dann schon hier. Vielleicht gehörte Anna gar nicht, auch wenn es mir so vorkam, zu den Frauen, die zu Recht als leicht bezeichnet werden. Vielleicht war Anna besser als ich selbst. Und da ja im »Weißen Kreuz« und im Hotel Monaco ich es gewesen war, der sie bestochen hatte, und sie sich hatte bestechen lassen, hatte ich sie schließlich als von Grund auf geldgierig, zynisch und leichtfertig eingestuft: und hatte mich getäuscht. Kann man's wissen?

Der Gedanke, daß sie wahrscheinlich leichtfertig und kalt war, den ich freilich für den Augenblick von mir wies, brachte mich jedoch unvermittelt zu einer entgegengesetzten Überlegung. Wie wenn am Ende eines langen, dunklen Tunnels das Tageslicht erscheint, das Licht der Sonne und des Lebens, sagte ich mir: aber natürlich, Anna verspätet sich, sie kann ja noch nicht da sein, sie wird nach Hause, nach Willimantic gefahren sein, um ein Bad zu nehmen, sich umzuziehen, ihre schönsten Sachen einzupacken! Bei Gott, die waren ja auch erforderlich! Eine Woche in New York in einem der besten New Yorker Hotels!

Nach Jahren des Mißgeschicks, nach Jahren, in denen sie das Leben hatte aufgeben müssen, das ihr allein wirklich gefiel, und einen armen Teufel wie Vaclav hatte heiraten müssen, war es doch klar, daß schon der Name dieses Hotels eine magische, unwiderstehliche, bestechende Anziehungskraft auf sie ausüben würde! O ja, ihre Melancholie im »Florian«, die deutlich bedauernden Worte, die ihr entfahren waren – »Es hat auch schöne Tage gegeben!« –, ich hatte sie vergessen oder vielmehr, ich hatte sie sehr wohl im Gedächtnis behalten, doch unbewußt und nur, um mich in meinem geheimen Vorhaben zu bestärken: mir jeden Skrupel aus dem Kopf zu schlagen, mir die Hoffnung auf einen kommenden Erfolg zu geben, mir eben diese Hoffnung zu geben, die jetzt in mir wieder lebendig wurde.

Ohne jeden Zweifel war sie nach Willimantic gefahren, hatte zwei oder drei Stunden mehr gebraucht: die Garderobe! Und sie hatte es mir am Telefon nicht gesagt, weil sie in dem Augenblick nicht daran gedacht hatte. War es denn so unglaublich, wenn sie nicht daran gedacht hätte? Nun gut: vielleicht gab es einen Fehler in der Vorstellung, die ich mir von ihr gemacht hatte. Aber was sollte ich dann denken? Daß Anna nicht zynisch war, nicht geldgierig, nicht leichtfertig, nicht kalt war? Sollte ich annehmen, daß ihr Verlangen nach mir so stark gewesen war, sie vergessen zu lassen, was eine elegante Frau niemals vergißt, schon gar nicht, wenn sie weiß, daß sie einige Tage in einem großen Hotel in Manhattan zubringen wird, also: was um Himmels willen ziehe ich nur an, welches Kleid denn, welches Kleid?

Nein, so leidenschaftlich und romantisch, daß sie sogar ihr ABC vergaß, brauchte man sie sich wirklich nicht vorzustellen. Im Gegenteil. Es war pure Berechnung gewesen, daß sie mir am Telefon nichts von der großen Verspätung gesagt hatte, mit der sie bestimmt eintreffen würde. Oh, diese instinktive Berechnung bei einer Frau, die Erfahrung mit Männern und ihren Schwächen hatte: »Das Warten wird ihm nur guttun!« Keine Schlußfolgerung ad hoc, damit wir uns richtig verstehen. Keine genau formulierte Entscheidung. Sondern: »Das Warten wird ihm nur guttun!«, das heißt also, ein simpler, selbstverständlicher, zerstreuter, gewohnter, normaler Gedanke im Hintergrund ihres Bewußtseins. Muß ich jetzt sagen, daß es diese, nicht die andere, keine andere als diese Anna war, die ich liebte und nach der ich mich sehnte?

Aber jetzt muß ich noch einmal den Leser vor einem möglichen Mißverständnis warnen. Wie ich schon sagte, fällt es mir schwer, nach so langer Zeit meine Gemütsverfassungen nachzuvollziehen. Die Schilderung der Begebenheiten ist realitätsgetreu, und doch sind die Überlegungen, die jene Begebenheiten begleiten, nicht genau die gleichen, die sie damals begleiteten: sie gleiten auf der Einsicht des Nachher, innerhalb der Logik dessen, der das Spiel beobachtet, wenn die Boccia-Kugeln sich nicht bewegen. Und doch bin ich sicher, daß ich sie nicht verfälsche. Mein Bewußtsein gleitet nicht, nimmt es doch heute nichts Neues auf, wenn nicht ein wenig Logik: heute spiele ich nicht mehr, liebe dieses vitale Durcheinander nicht mehr.

Die wechselnden Auslegungen von Annas Charakter und meines eigenen Verhaltens gab ich mir auch damals: vielleicht nicht so klar. Wären sie so klar gewesen, hätte ich keinen Finger mehr gerührt. Aber nein, auch das ist nicht richtig. Richtig ist es und viel einfacher, zu sagen, daß ich heute nicht mehr jung bin, während ich damals so jung war, daß ich, sowie Anna erschien – sie erschien unvermittelt im Glitzern der Drehtür aus Glas, ich stürzte vor, sie war älter, dicker geworden, ihr gefärbtes Haar war von unschöner rötlicher Tönung –, eine Reaktion hatte, die nur für junge Leute bezeichnend ist: gerade weil Anna nicht mehr so schön war, fand ich sie noch begehrenswerter als zuvor!

Ich stürzte vor, sie machte Anstalten, mich zu umarmen, doch ich, ganz Europäer, küßte ihre Hand. Und solcherart schritten wir durch die Halle zum Aufzug, ein distinguiertes Paar, *slightly old-fashioned*, unter den indifferent-wohlwollenden Blicken des Portiers und des anderen Hotelpersonals. Anna hatte ihre Garderobe genau getroffen: sehr elegant und seriös, ein Kostüm aus Gabardine, dunkles Flaschengrün, dazu eine Luchsboa, wie sie in diesem Jahr wieder Mode wurde.

Unser Zimmer war ganz oben, über dem vierzigsten Stock. Bei der Fahrt im Aufzug sahen wir uns an. Sie lachte. Wieder atmete ich ihr Parfum. Schließlich hatte ich das Gefühl, als hinge mein ganzes Leben von ihr ab, und ich spürte ein plötzliches, unwiderstehliches Verlangen, es ihr mitzuteilen, doch wegen der Anwesenheit des Liftboys und des Gepäckträgers konnte ich nichts sagen. So nahm ich ihr das Täschchen ab, öffnete es, ließ das Etui hineingleiten. Gleich riß sie das Täschchen wieder an sich:

»Es gehört mir!« sagte sie immer noch lachend und machte es zu: das gleiche Klicken, das in Oropa unseren Pakt besiegelt hatte.

Als wäre ich in eine Hypnose verfallen, in der Verzückung nicht einmal eines jungen Menschen, sondern gar eines Sechzehnjährigen befangen, hatte ich angenommen, daß Anna mein Geschenk auch ablehnen könnte. Aber sie nahm es an! Dann habe ich also Glück, dachte ich mir, stehe an der Schwelle des Paradieses. Warum mich also nicht von Edith scheiden lassen, warum nicht Anna heiraten, sobald sie von Vaclav geschieden ist? Ich habe das heiße Verlangen, mich zu opfern, ein Opfer, das um so köstlicher ist, je mehr es durch dieses unerwartete Mißverhältnis gerechtfertigt wird: ihr will ich mich in der Tat opfern, nicht ihrer einstigen Schönheit, ihr, Anna, der großen Schwägerin, Ediths großer Freundin, ihr mit ihrem schwerer gewordenen Körper, offensichtliches Bild mittlerweile für einen flüchtigen, befreienden Schimpf, der jenem anderen, unverletzten und unverletzbaren Bild angetan wurde, von dem ich mich befreien will - doch wußte ich im Widerspruch dazu schon damals, daß ich niemals befreit sein würde.

Ich fand, was ich schon immer mit einem blinden Instinkt gesucht hatte, ohne zu wissen, worin es bestand. Ja - sage ich mir, wenn ich heute daran zurückdenke -, ja, ich entdeckte von neuem ein Glück, das ich vielleicht in entferntester Vergangenheit empfunden und dann verloren hatte: eine grenzenlose Freude, die ich selbst vergessen hatte, während meine angespannten Nerven sich erinnerten. Und gerade darum vielleicht fühlte ich mich als ein Nichts, das in sie eingegangen war.

Auch Anna sagte kein Wort. Und als ich sie - wie lange danach? - ansah, merkte ich, daß sie mich bereits ansah. In ihren dunkelbraunen, glänzenden Augen war die gleiche Freude. Nach einer unbestimmbar langen Zeit des Nichtdenkens entzündete sich so in mir der Funke eines ersten Gedankens: ich begriff, daß Anna, die den Beweis für meine völlige Hingabe an sie erhalten hatte, sich sicher, bei klarem Verstand und mir überlegen fühlte, und dieser Gedanke brachte mich ganz allmählich wiederum dazu, nicht mehr zu denken. Es gab keine Stelle an ihr, die mir nicht wundervoll erschien. Es war wie eine Zauberreise süßester Entdeckungen ohne Ende, in die ich mich verlieren, in denen ich mich auflösen wollte. Manchmal erfuhr die Zauberreise eine andere Fortsetzung: ich blieb regungslos und begegnete ihren Lippen, ihrem Haar, ihren Händen, begegnete dem Amethystreif, dem Zeichen meiner Liebe, den sie am linken Arm in ihrer Nacktheit hatte anbehalten wollen.

»Es gehört mir«, das waren ihre Worte, als sie das Täschchen wieder an sich genommen hatte, und das war, als hätte sie zu mir gesagt: »Du gehörst mir.«

Was hatte mir Edith beim ersten Mal gesagt? »Du bist, wie ich es mir vorgestellt habe, aber du bist nicht für mich.« Anna sprach nicht, aber das Lachen ihrer Augen sagte mir: »Mir ist es gleichgültig, wie du bist, du bist für mich.«

Wenn Edith mit ihrer Herbheit, mit bisweilen ironischen und bisweilen ungehaltenen Ausdrücken ihre innere Lieblichkeit, Großzügigkeit, Hoffnung, Geduld verteidigte, so hatte die skeptische, zynische, geizige, harte Anna keinerlei Bedenken, sich allen augenblicklichen Wonnen, Ausschweifungen, Belustigungen und Phantasien der Liebe hinzugeben. Weder sie noch ich hatten etwas gegessen, und wir hatten Hunger, doch auch das Abendessen, das wir im letzten Augenblick kommen ließen, bevor der Grill zumachte, war keine Unterbrechung.

Schließlich kam der Schlaf. Aber erst zu ihr: viel früher als zu mir.

Von der Höhe des Wolkenkratzers aus hörte sich New Yorks ausgedehntes nächtliches Getriebe in der Tiefe wie ein gleichmäßiges, in sich verschmolzenes, undeutliches Geräusch an. Warum hetzten die Menschen? Welchen Sinn hatte das Leben? Gar keinen, sagte ich mir. Ich war so glücklich gewesen, daß ich mir jetzt nichts mehr ersehnte. Ruhiges Staunen, entschiedene Verzweiflung und Enttäuschung für immer, als sähe ich endlich, berührte mit der Hand des Lebens letzte Wahrheit.

Aber wenn ich enttäuscht war, so sage ich mir heute, dann bedeutet dies, daß ich mir vorher falsche Hoffnungen gemacht hatte. Es kann nicht wahr sein, daß die Freude, die ich kurz zuvor empfunden hatte, eine gedankenlose gewesen war! Die Freude, die ich kurz zuvor empfunden hatte, glich, obwohl unendlich intensiver, der Freude an einer sportlichen Muskelanstrengung, Schwimmen, Rudern, Skifahren, und sie glich zugleich auch der Freude an einer Kunstschöpfung, enthielt also eine eigenartige, instinktive und konfuse, aber auch feste und unerschütterliche Gewißheit, auf diese Weise, indem man weiter vordrang in dem Maße, wie sie sich steigerte, ein Geheimnis zu erforschen und zu entschleiern, das zu verstehen, was ich nie verstanden hatte. Ich werde es wissen, hatte ich mir indessen gesagt, ich werde es wissen, ich werde es wissen, ich werde es wissen: noch ein weniges, nur noch ein weniges, bis über den Höhepunkt dieser Freude hinaus, und ich werde es wissen. Doch darüber hinaus, hatte ich nachher verstanden, ist nichts. Oder, anders: ich hatte verstanden, daß über diese Freude hinaus das Nichts kommt.

Ich wandte mich Anna zu, die nur leicht atmete. Ich war froh, daß sie schlief. Sie wach zu wissen, hätte mich gestört. Oh, ein wenig störte sie mich auch so. Mir wäre es lieber gewesen, sie hätte in einem anderen Zimmer geschlafen. Mir wäre es lieber gewesen, sie nie wiederzusehen. Freilich wußte ich – ich wußte es, weil ich seit meiner Jugend ähnliche, wenn auch viel kürzere und nicht so vollständige Erlebnisse gehabt hatte –, wußte, daß ich mich nach einer gewissen Zeit, nach Stunden, Tagen, Wochen, wieder nach ihr sehnen würde. Aber damit rechnete ich nicht. Ich nahm es lieber in Kauf, sie nie wiederzusehen, ich zog sogar die beklemmende Strategie einer nächsten heimlichen Begegnung dem mir jetzt unerträglich erscheinenden Unbehagen vor, *weiterzumachen*. Plötzlich erhob sich vor mir ein riesiger schwarzer Berg von Schalheit. Was sollte ich nur bei ihrem Erwachen tun?

Mit Schrecken sagte ich mir, daß es seit einigen Stunden erst Mittwoch, der 22., war: gestern noch war ich um diese Zeit in Mailand. Wie würde ich es fertigbringen, bis Montag, den 27., allein mit Anna in New York zu bleiben, bis zu dem Tag, an dem ich das Flugzeug nach San Francisco besteigen müßte, das Anschluß an das aus Mailand hatte? Gut, Anna würde wahrscheinlich am Sonntag, dem 26., nachmittags nach Willimantic abfahren. Aber wie würde ich es schaffen, fünf Tage hintereinander mit ihr zu verbringen, fünf ganze Tage?!

Es würde eine Quälerei werden. Und wenn ich mir überlegte, daß ich statt dessen Edith binnen weniger Stunden sehen könnte! Edith, die gar nicht wußte, daß ich mich schon in den Vereinigten Staaten befand! Beim Gedanken an den Trost, an die Freude, Edith wiederzusehen, wäre ich beinahe aus dem

Bett gesprungen: nur die Furcht, Anna damit zu wecken, hielt mich zurück. Und doch, warum denn nicht? Vielleicht könnte ich in dem Halbdunkel ganz vorsichtig aufstehen, mich ankleiden, die Koffer packen, das Zimmer verlassen, die Rechnung bezahlen und mit einem Taxi zum Flughafen fahren. Ein Zettel für Anna: »Ich habe solche Gewissensbisse«, usw.

Nein, wenn auch diese Flucht glücken sollte, so wäre doch die Art gemein, widerlich und auch noch gefährlich: ja, ich gestehe, daß ich mich in diesem Fall auch vor einer möglichen Rache Annas fürchtete.

Aber die fünf Tage, die ich noch mit ihr in New York verbringen sollte, erschienen mir immer unerträglicher. Sogar ganz unmöglich. Also mußte ich fort: doch auf eine anständige Art. Kein feiges Davonlaufen, darum ging es. Ich mußte mir irgend etwas ausdenken, natürlich. Aber was?

Die Augen weit aufgerissen im Halbdunkel, war ich hellwach. Ich dachte angestrengt nach. Dabei ging ich von der Voraussetzung aus, daß alles nur dann machbar wäre, wenn ich für ein paar Stunden allein, ohne Anna sein würde; folglich müßte ich meine Flucht um mindestens einen Tag verschieben, also bis Donnerstag in New York bleiben. Und da erinnerte ich mich an das, was Anna beim Baden nebenbei gesagt hatte.

Ich war gerettet.

Alles ging in Ordnung. Nun wurden mir plötzlich die Lider schwer und schlossen sich. Ich glaube, ich bin in wenigen Sekunden eingeschlafen. Anna hatte gesagt: »Ich muß heute nachmittag zum Friseur.«

10

Es hätte mir genügt, nur drei Minuten ohne Anna zu sein: die nötige Zeit, um die TWA anzurufen und den morgigen Flug New York-San Francisco zu buchen. Aber schließlich reichte mir ein einziger Augenblick, weil ich den Portier damit beauftragte.

Doch ihre drei Stunden beim Friseur waren gerade ausreichend, um glaubhaft erscheinen zu lassen, was ich ihr erzählte, als ich sie dann abholte.

Ja, nach dem Aufwachen liebten wir uns gleich, und nach dem Frühstück noch einmal... Doch schon ging es um Ausgefallenheiten, kleine Freuden: und da ich kurz zuvor auf dem Grunde der größten Freude das Nichts gesehen hatte, war es noch zu früh, mir jetzt schon neue Illusionen zu machen.

Ich bemühte mich, ihr im Ton größten Unmuts die Geschichte zu erzählen, die ich mir genau zurechtgelegt hatte. Zum Glück tat ich dies unterwegs, auf der Rückkehr vom Friseur zum Hotel, auf den dreihundert Metern Bürgersteig. Wir gingen nebeneinander, Arm in Arm: ich weiß nicht, wie ich sonst, während ich redete, ihrem Blick standgehalten hätte.

»Leider eine schlimme Nachricht, Anna. Es ist etwas Schreckliches passiert, was ich auf gar keinen Fall voraussehen konnte.« Und dabei ergriff ich ihre Hand, ihre lange, glatte, warme, weiche Hand, die mich bis gestern noch bei der bloßen Berührung schon um den Verstand gebracht hatte und nun gar nicht mehr: »Ich habe dir ja gesagt, daß ich in Mailand im Hotel hatte anrufen müssen. Ich habe dir ja gesagt, daß ich nach dem Verkauf der Wohnung im Hotel gelebt habe. Ich hatte anrufen müssen, um zu sagen, daß sie mir keine Post nachschicken und mir nichts übermitteln sollten, bis sie von mir Bescheid bekämen, daß ich in Berkeley bin.«

»Und?«

»Und ich hatte mich natürlich sehr deutlich ausgedrückt. Aber irgendwie hatte ich jetzt ein ungutes Gefühl, ich wollte sichergehen. Edith hätte sich schließlich gewundert, wenn ein Telegramm für mich gekommen wäre, da sie mich doch noch in Mailand glaubt.«

»Na und?«

»Und, leider, heute früh... In Mailand sind sie New York um sechs Stunden voraus... Also, heute früh hat Edith aus Berkeley in Mailand angerufen und mich sprechen wollen.«

»Um was zu sagen?«

»Das weiß ich doch nicht, sie hat jedenfalls um die gleiche Zeit angerufen wie schon andere Male. Vielleicht wollte sie wissen, wie es mit dem Verkauf steht. Nach dem Verkauf habe ich ihr keinen Bescheid gegeben, damit ich in New York bleiben und dich sehen konnte.«

»Und?«

»Auch diesbezüglich habe ich im Mailänder Hotel genaue Anweisungen hinterlassen: ›Falls ich angerufen werde, gleichgültig, von wem, dann nicht sagen, daß ich schon abgereist bin, sondern nur sagen, daß ich nicht im Hotel bin.‹«

»Also haben sie ihr berichtet, daß du nach Amerika abgeflogen bist?«

»Ja, leider.«

»Und was willst du jetzt tun?«

Ich war schon drauf und dran, zu erwidern, daß ich den Flug bereits gebucht hatte. Aber ich sah, daß auch sie sich Gedanken machte. Und so meinte ich, riskieren zu können:

»Ich weiß nicht, ich bin ganz verzweifelt. Was würdest du mir denn raten?«

Anna zögerte, doch nicht länger als einen Augenblick. Dann antwortete sie resolut:

»Du fliegst sofort. Noch heute abend. Du sagst ihr, daß du sie hast überraschen wollen. Du fliegst heute abend. Ich bring' dich zum Flugplatz.«

»Nein, morgen, wenigstens noch einen Abend für uns!«

Als wir im Hotel vor dem Aufzug standen, war sie es, die auf den Portier deutete und mich daran erinnerte:

»Buche rasch deinen Flug.«

Da er ja schon gebucht war, blieb ich so lange unten, wie nötig war, um zum Schein die TWA anzurufen und die Bestätigung zu bekommen. Muß ich noch sagen, daß ich mich jetzt wieder glücklich fühlte? Aber dieses Mal war ich außerdem ungewöhnlich beschwingt, erleichtert, begeistert und gestärkt von zwei Tatsachen zugleich: jetzt für wenige Stunden Anna – und dann nach einigen Stunden für immer Edith!

Ich flog nach San Francisco mit der Maschine, die ich auch genommen hätte, wenn ich an diesem Tag aus Mailand eingetroffen wäre. Eigentlich hätte ich schon mit einer früheren am Vormittag fliegen können. Aber so war es besser. Anna brachte mich zum Flughafen und blieb bis zur letzten Minute bei mir.

Sie war verstimmt, ja beleidigt: doch so, als wäre es das Mißgeschick gewesen, das sie beleidigt hatte. Sie war daran gewöhnt, die Arme. Ihr Wunsch, nach New York zu übersiedeln und hier Arbeit zu finden, schien sich nicht zu erfüllen. Vaclav hatte sich nicht mehr gerührt, also würde sie zum Jahresende die Scheidung einreichen. Und es tat ihr leid, daß sie diese Tage, die ich ihr in New York geboten hatte, nicht mehr würde benutzen können, um zum Manager einer großen Firma zu gehen, den sie in anderen Zeiten kennengelernt hatte. Er war eine äußerst wichtige Persönlichkeit in der Modebranche. Seine Hilfe konnte entscheidend sein. Sie hatte nie versucht, ihn zu *kontaktieren*, weil sie nicht bei ihm erscheinen wollte, solange sie in einer ungünstigen Situation war. Man stelle sich vor! Eine kleine Verkäuferin, die aus Hartford kommt! *»Hartford is so provincial!«* so provinziell! Aber jetzt, wer weiß. Sie hatte mich auch gebeten, sie zu begleiten: mit einem Professor aus Berkeley würde sie einen guten Eindruck machen. Natürlich hatte ich ja gesagt, und so hatte sie den Sekretär dieses Mannes angerufen und als Adresse unser Hotel genannt, ein sicheres Zeichen dafür, daß sie nicht in schlechten Verhältnissen lebte. Der Sekretär hatte zurückgerufen und einen Termin für übermorgen festgemacht. Zu diesem Zweck war sie auch zum Friseur gegangen: sie hatte die Farbe gewechselt, ein schönes Kupfer, dunkler, fast kastanienbraun, ihrer natürlichen Haarfarbe ähnlicher, das ihr bedeutend besser stand. Aber ja, einer der ersten Friseure von New York, vor denen in Hartford kann man ja das Grausen bekommen! Also nun war das auch schiefgegangen.

»Warum eigentlich?« fragte ich. »Es tut mir leid, daß ich dich jetzt nicht mehr begleiten kann, aber warum kannst du denn nicht allein hingehen? Du kannst doch hierbleiben.«

»Ich kann es mir nicht leisten, das Hotel zu bezahlen.«

»Ich meinte damit, daß ich es im voraus bezahle, Anna.«

Sie lächelte:

»Danke, du bist sehr lieb, aber... Machen wir's so: gib mir, was du dem Hotel geben würdest, und ich gehe in ein anderes, wo man viel weniger ausgeben muß. Zumindest habe ich ja diese Adresse schon ausgenutzt.«

Vielleicht war dies der schwermütigste Augenblick unseres Beisammenseins in New York, aber auch der netteste, der einzige mit einem Hauch echter Freundschaft. In anderen Augenblicken jedoch, wenn wir uns unentrinnbar gegenübersaßen, beispielsweise während des Abendessens bei »Barbetta« oder am nächsten Tag während des Lunchs in der »Oyster Bar«, hatte ich leider den Eindruck, daß sie mich beobachtete und irgend etwas erriet: vielleicht nicht gerade den augenblicklichen, aber irgendwie doch einen Betrug ihr gegenüber. Doch es fiel mir leicht, ihr für die Unsicherheit, die sie in meinen Augen las, eine Erklärung zu suggerieren, die sie überzeugte. Einfach, höchst einfach, da ich ja auch Edith betrog und sie an diesem Betrug mitbeteiligt war.

»Woran denkst du?« fragte sie mich. »Bist du nicht zufrieden? Bereust du's, mich getroffen zu haben?«

»Anna, ich meine...«

»Ich weiß, was du meinst. Das brauchst du mir gar nicht erst zu sagen. Wir müssen vorsichtig sein. Aber Edith hat mir noch nie mißtraut, ich bin die einzige Frau auf der Welt, auf die sie nie eifersüchtig sein wird. Trotzdem müssen wir sehr vorsichtig sein, wenn wir uns wiedersehen.«

Diese Worte erschreckten mich. Es war, als wüßte Anna bereits, daß wir uns bald wiedersehen würden.

Beim Überfliegen des amerikanischen Kontinents fragte ich mich ab und zu: soll ich sie in San Francisco gleich vom Flughafen aus anrufen? Oder soll ich mit einem Taxi nach Hause fahren und sie überraschen?

Mein Schwanken hing irgendwie mit der Erklärung zusammen, die ich ihr über meine plötzliche, um vier Tage verfrühte Ankunft geben mußte. Das war die Erklärung: wie ich ihr schon telegrafiert hatte, war der Flug für Montag, den 27., gebucht worden; gegen alle Voraussicht hatten jedoch die Verkaufsformalitäten bereits abgeschlossen werden können, und ich hatte auch noch das Glück gehabt, einen Platz in der Maschine zu bekommen, die heute morgen, Donnerstag, den 23., von Mailand abgeflogen war!

Ja, es war schon besser, ich rief sie an. Edith ist nicht wie Anna, Edith merkt immer, wenn ich lüge. Telefoniere ich, dann wird sie diesmal nichts merken: aus Überraschung, aus Freude und weil sie mich nicht sieht.

Aber so würde ich eine Möglichkeit verschenken. Edith liebte mich, dessen war ich sicher. Gleichzeitig aber war ich keineswegs sicher, daß sie mich nicht betrog. Dieser Verdacht gehörte zu meiner Liebe. Käme ich nach Hause, ohne ihr vorher Bescheid zu geben, könnte ich vielleicht, ich sage ja nicht, sie auf frischer Tat ertappen – das widerstrebte mir, an so etwas wollte ich gar nicht einmal denken –, aber irgendeine Spur, irgendeinen Hinweis entdecken, die es mir erlauben würden, zu streiten. Und ein Streit, obwohl ich ihn gar nicht mochte, würde mein schlechtes Gewissen ein wenig erleichtern.

Ich entschied mich erst, als keine Zeit mehr zum Überlegen war: als ich auf das langsam sich drehende Karussel blickte und wartete, bis meine Koffer erscheinen würden.

Ich wollte also meine echte Schuld verbergen? Dann war es nicht nur leichter, sondern auch gerechter, wenn ich ebenfalls Edith die Chance gab, ihre eventuelle Schuld zu verbergen. Ich rief an.

»Ich komme gleich mit dem Wagen und hol' dich ab! Gib kein Geld für ein Taxi aus! Das ist zu teuer! Was soll ich denn jetzt hier zu Hause? Ich komme sofort!«

Sie wollte die Erklärung gar nicht hören, die ich so sorgfältig vorbereitet hatte. Sie fragte nicht einmal, ob die Wohnung in Mailand verkauft sei. Auf der einen Seite war ich ja belohnt, denn ihr promptes, ungeduldiges Verlangen, mich zu sehen, war ein Liebesbeweis; auf der anderen Seite war ich bestraft, denn ich würde nachher ihrem Blick standhalten müssen... Aber nein! Ich brauchte doch nur meine Lüge während der Fahrt von San Francisco nach Berkeley vorzutragen! Bei dem schrecklichen Abendverkehr gerade um diese Zeit konnte sie mich gar nicht anschauen, wenn sie fuhr; und wenn ich fuhr, konnte an meinem Blick nur die Besorgtheit des Fahrers abgelesen werden!

Schließt Liebe eigentlich solche Geheimdiplomatie aus? Ganz bestimmt nicht. Und Liebe war es bei ihr und bei mir. Anna existierte für mich nicht mehr. Selbst wenn sie durch einen Zauber oder, besser, dank eines unwahrscheinlichen, aber nicht unmöglichen Tricks heimlich im Flugzeug geblieben und hier vor dem Karussel mit den bunten Koffern aufgetaucht wäre, hätte ich zu ihr gesagt: »Warum bist du gekommen? Geh, verschwinde! Ich will Edith, ich liebe nur Edith, und dich habe ich nie geliebt!«

Freude über meine Rückkehr. Ich hoffe, daß man es mir glaubt, auch wenn ich nicht darüber spreche. Das sublime Glück besteht aus nichts, ist in unserem Herzen, und wir können uns nicht einmal daran erinnern, denn in der Zwischenzeit hat sich unser Herz verändert, Zeit, Schuld, Laster, Leiden, Gegensätze, tägliche Ärgernisse und natürlich auch die Berufsarbeit haben es verdorben. Edith war für mich Heim, Familie, trautes Glück am Herd:

La douceur du foyer et le charme des soirs ...

Oh, dieser warme Septemberabend in Kalifornien nach dem vorzeitigen New Yorker Winter! Und die Sonne, die wir oben von der Bay Bridge aus hinter dem erhabenen Profil des Tamalpaïs untergehen sahen, während sie das Wasser der Bucht mit rosarotem Licht übergoß! Ich erzählte ihr alles während der Fahrt vom Flughafen nach Berkeley, das Unwahre und auch das Wahre, aber vor allem das Wahre: daß wir nun das Geld hatten, um uns ein Haus zu kaufen, wie und wo es uns gefiel, auf dem Hügel mit Blick über die Bucht, und um zwei Autos zu besitzen, eines für sie und eines für mich. Anna existierte nicht mehr, obwohl ich gerade ihr das Glück bei meiner Rückkehr verdankte: damals habe ich mehr denn je begriffen, wie sehr ich Edith brauchte und den Frieden, den nur Edith mir gab.

Alles – Ediths Diplom und fast unmittelbar danach ihre Anstellung bei der Bank of America, eine Filiale in Oakland, ganz nahe bei Berkeley; meine Ernennung zum *full professor*; der Kauf des Hauses in Spruce und der eines zweiten Autos, eines Pontiac, für mich –, alles ging so, wie wir es uns erträumt hatten, und noch vor Weihnachten zogen wir um, begnügten uns für den Augenblick mit den paar alten Möbeln, die uns für ein Nichts zusammen mit dem Haus verkauft worden waren, wir würden ja später nach und nach andere, schönere kaufen können.

Zu Weihnachten rief Edith, wie alljährlich, in Willimantic an. Den beiden Alten ging es gut, sie waren auch in guter Stimmung, doch machte ihnen Vaclav freilich immer mehr Sorgen: seit dem vorigen Weihnachtsfest hatten sie ihn nicht mehr zu Gesicht bekommen. »Er ist ein gemeiner und herzloser Taugenichts!« Mehr sagte die Mutter nicht, sie weinte. Sie hatte uns nichts Neues gesagt. Anna war in ihren letzten Briefen und in ihren Telefongesprächen mit Edith schon deutlich genug gewesen. Und genau am Vorabend dieses Weihnachtstages kam die Mitteilung: Anna hatte offiziell die Scheidung eingereicht. Da sie damit jede Hoffnung verloren hatte, nach New York übersiedeln zu können, hatte sie sich auch gleich entschlossen, Hartford den Rücken zuzukehren, da sie Hartford und ebenso den Laden nicht mehr ausstehen konnte. Sie hatte eine neue Arbeit angenommen, wieder in der Modebranche, doch anderer Art. Ein alter Bekannter hatte sie ihr angeboten, ein wichtiger Mann, dem sie vor einigen Monaten durch einen Zufall wiederbegegnet war. Das Gehalt war nicht viel besser als im Laden, aber sie würde auf Reisen gehen mit Kollektionen von Gucci, Pucci, Fiorucci, Missoni - ihre äußere Erscheinung, an *Italian beauty!*, war ihr Glück gewesen -, und natürlich bekam sie die Spesen erstattet. Zum neuen Jahr würde sie anfangen. Zunächst waren Reisen zur Ostküste vorgesehen: Connecticut, Massachusetts, Rhode Island, Maine usw. Aber sie hoffte, daß man sie später weiter weg schicken würde, vielleicht auch nach Kalifornien, wenn man mit ihr zufrieden wäre.

Diese letzte Nachricht hatte Edith geradezu mit Freude aufgenommen. Noch am selben Abend rief sie Anna an. Anna war nicht da, und so unterhielt sich Edith mit ihrer Mutter, der alten Sizilianerin, radebrechte sogar lange Sätze auf italienisch, unterbrochen von Lachausbrüchen. Dann gingen wir zu einer Party zu Jack, einem befreundeten Professor. Wir tanzten, sangen alle im Chor. Edith machte es großen Spaß. Nicht ihre Vitalität setzte mich in Erstaunen, sondern vielmehr, daß sie es mit der gleichen Begeisterung fertiggebracht hatte, zu lernen und ihr Diplom zu erwerben, und daß sie es jetzt fertigbrachte, fünf Wochentage in der Bank zu arbeiten, von neun Uhr früh bis fünf Uhr nachmittags, ohne sich jemals darüber zu beklagen.

War der bedeutende Mann, der Anna diese Stellung verschafft hatte, derselbe, den wir gemeinsam in New York hätten besuchen sollen? Möglicherweise. Aber ich wollte es gar nicht wissen. Wenn Edith mit Anna telefonierte, sagte auch ich manchmal ein paar Worte: Edith reichte mir von sich aus den Hörer, und hätte ich abgelehnt, wäre es ihr aufgefallen. Simple, scherzhafte Begrüßungen, die Anna ohne die mindeste Anspielung in ihrem Tonfall erwiderte. Ich hätte sie ja auch von der Universität aus anrufen können. Ich wußte, welche Stunden dafür geeignet waren. An den heißen Nachmittagen, nach dem Lunch, zog ich mich zum Lesen in mein Arbeitszimmer zurück, das Telefon stand auf dem Schreibtisch, die Versuchung war da. Aber stets überwand ich sie ohne Mühe. Und jetzt? Jetzt, da Anna eines schönen Tages, und sei es erst nach Monaten, in Kalifornien eintreffen würde, war dies eine Aussicht, die mir ein ungutes Gefühl gab, und ich schob es gleich von mir. Gewiß, manchmal empfand ich darüber auch eine angenehme Unruhe, dann gab ich auch meiner Phantasie ein wenig Spielraum. Doch nie kam es so weit, daß ich im Ernst daran dachte, sie anzurufen. Soll es kommen, wie es mag, sagte ich mir. Und sagte mir aber nicht, daß es schon der Ansatz eines schlechten Willens war, wenn ich mich auf solche Weise dem Schicksal überließ.

Gegen Ende März, in der Pause zwischen dem Winter- und dem Frühjahrstrimester, hatte mich die Universität von Texas zu einer kurzen zweiwöchigen Vorlesungsreihe aufgefordert. Da Edith noch nicht lange genug bei der Bank war, um Urlaub zu bekommen, konnte sie nicht mitkommen.

Ich war noch nie in Texas gewesen. Ich war begeistert von Austin, Hauptstadt und Sitz der Universität: eine kleine, stille, bescheidene, nicht sehr bevölkerte Stadt. Riesige Flächen. Viel Zeit. Das Leben hatte einen verträumten, entspannten, gelösten Rhythmus, ganz anders als in den mir schon bekannten Städten der Vereinigten Staaten.

In der vorlesungsfreien Zeit besuchte ich die unmittelbare Umgebung: das mexikanische Viertel, den Vorort Buda, die

Siedlung der *mobiles*, Wohnwagen. Ich ging zur Johnson's Trader's Post, einer alten Absteige für Post und Handel, die noch von Cowboys besucht wird und an der Kreuzung noch ungepflasterter Straßen liegt; zum Staudamm und zum East-Colorado-See; zur Old French Legation des Conte Alphonse Dubois de Saligny, des Geschäftsträgers Seiner Majestät Louis Philippes, König von Frankreich, bei der Republik Texas um 1840. Sie liegt inmitten des dunklen Grüns riesiger Eichen, eine kleine weiße Villa mit einem Säulengang aus sechs weißen Säulchen wie aus zusammengepreßtem Blech, und um das spitze, von drei Mansarden unterbrochene silbergraue Dach ein wie für ein Hochzeitsfest weißgestrichenes, durchbrochenes, verziertes Holzgeländer. Mehr noch gefiel mir – und ich ging jeden Tag hin – das ausgedehnte, menschenleere Stadtzentrum zwischen den Gärten des Kapitols und der Hauptstraße. Vor dem Gefallenendenkmal der Konföderierten machte ich Halt.

DIED: Gestorben, hieß die Inschrift – FOR STATE RIGHTS: für das Recht auf Selbständigkeit – GUARANTEED UNDER THE CONSTITUTION: verbürgt durch die Verfassung. Gedenkstätte des schrecklichen, blutigen Bürgerkrieges gegen die übermächtigen Kräfte der Nordstaaten. Vier Millionen Soldaten. 437 000 Tote bei den Konföderierten, 485 000 bei den Unionstruppen. Jedesmal las ich diese Inschrift, wußte nicht, warum sie mich so faszinierte, und wollte es vielleicht auch gar nicht wissen. Erst viele Jahre später glaube ich, den tieferen Sinn verstanden zu haben. Die Geschichte der Völker ist immer tragisch, und das Leben jedes einzelnen Menschen ähnelt der Geschichte der Völker.

Die Maschine, die mich von Austin nach San Francisco zurückbrachte, traf noch vor Mittag ein. Edith war bei der Arbeit und konnte nicht zum Flughafen kommen, wie sie gewollt hätte. Ich nahm ein Taxi. Doch unterwegs kam es mir wie eine Erleuchtung, über Oakland zu fahren, es war kein großer Umweg: nur um sie zu begrüßen, ihr zu sagen, daß ich wieder da war. Aber ich verwarf den Gedanken gleich wieder. Vor ein paar Wochen erst war ich in Oakland gewesen, um ein Taschenbuch zu kaufen, das in Berkeley nicht mehr zu finden war. Nach meinem Besuch in der Buchhandlung kam ich zufällig an der Filiale der Bank of America vorbei. Ich trete ein: an ihrem Arbeitsplatz spricht Edith mit einem Kunden, lächelt bedauernd. Sowie sie mich bemerkt hat, wird sie rot:

»Was gibt's? Ist irgendwas passiert?«

»Nein, nichts. Ich bin nur hier vorbeigekommen und wollte dir *hello* sagen.«

»Hello«, und sie sieht mich gar nicht mehr an. Abends hatte sie sich dann beschwert:

»Komme ich vielleicht zu deinen Vorlesungen?«

»Ich hab' dir ja schon oft gesagt, daß du selbstverständlich kommen kannst. Du würdest mir eine Freude machen.«

»Danke für die Erlaubnis. Ich mag nicht zu dir kommen, wenn du arbeitest. Und ich mag auch nicht, daß du zu mir kommst, wenn ich arbeite.«

Also gab ich dem Taxichauffeur Anweisung, direkt nach Spruce zu fahren.

Als ich das Haus betrat, merkte ich gleich, daß etwas anders war. Es war wie ein Duft: und wirklich, hinter dem Trennbogen stand im *living room* mitten auf dem Tisch ein Kochtopf voller ganz dunkler Rosen: von weitem sahen sie beinahe schwarz aus. Ich trat an sie heran: sie waren samten und dufteten stark.

Ich ging ins Schlafzimmer. Ich bin sehr ordnungsliebend, Edith nicht, aber sie wußte, daß ich kommen würde, und hatte alles an seinem Platz gelassen: ich lächelte zufrieden und gerührt. Ich bin verschwitzt, ziehe mich aus, gehe ins Bad, trete unter die Dusche. Beim Duschen glaube ich durch die Spritzer und durch das Glas, an dem das Wasser herunterfließt, auf der Konsole über dem Waschbecken eine Menge Fläschchen zu erkennen, die nie dagewesen sind, und in der Ecke hängt etwas Rotes, das ich auch nicht kenne. Ein neuer Bademantel? Ich trete aus der Dusche heraus. Ja, ein neuer Bademantel. Und da stehen Näpfchen und Fläschchen mit Cremes und Parfums. Ich trockne mich ab, gehe in die Diele. Ich gehe weiter, an der Küche und meinem Arbeitszimmer vorbei; bleibe vor dem sogenannten Gästezimmer stehen, in das wir vorerst nur einen Stuhl, einen Nachttisch und ein kleines Einzelbett gestellt haben: ein größeres wäre gar nicht hineingegangen.

Ich drücke die Klinke. Sie gibt nach. Ich mache die Tür nur ganz wenig auf; in dem kleinen Zimmer ist Halbdunkel. Anna liegt auf dem Bett und schläft. Sie hat nur einen schwarzen, durchsichtigen Unterrock an, Leib und Beine unbekleidet. Ich stehe regungslos vor der Tür, sehe sie an. Sie öffnet träge ihre Augen:

»Edoardo«, sagt sie, »wie spät ist es denn?«

Ich sehe auf die Uhr und antworte:

»Viertel vor zwei.«

»Noch früh.«

»Du hast ja gar nicht geschlafen, oder?«

»Nein. Ich hörte dich kommen.«

Wir sahen uns an, ich regungslos vor der Tür, sie auf dem Bett.

»Wir haben Zeit«, sagte sie ernst, wie um mir die Gewißheit zu geben, daß wir Zeit hatten.

»Nein, warte!« schrie ich fast und rannte hinüber zum Telefon. Ich rief bei der Bank an, sagte Edith, daß ich da sei, daß ich Anna vorgefunden hätte, daß ich jetzt duschen und dann gleich zur Universität gehen würde, wo man mich erwartete.

»Hast du schon was gegessen?« fragte sie besorgt.

»Ich habe kaum Hunger, aber das macht nichts.«

»Sag Anna, sie soll dir was zubereiten!« Doch Anna kam von hinten auf mich zu, berührte mich mit ihrem nackten Arm – sie hatte den Amethystreif am Handgelenk –, hüllte mich mit ihrem Parfum ein, nahm mir den Hörer aus der Hand:

»Ja«, sagte sie, »ich besorge das schon! Du kannst ganz ruhig sein!«

Von Oakland nach Spruce brauchte Edith mit dem Mustang eine halbe Stunde. Ich mußte die mathematische Gewißheit haben, daß ich Edith nicht verlieren würde.

Zwanzig Minuten später holte ich den Pontiac aus der Garage: daneben stand Annas Wagen mit der Nummer von Connecticut.

Diese zwanzig Minuten habe ich nicht mit Essen zugebracht. Voller Befriedigung, aber auch wütend auf mich selbst fuhr ich zur Universität.

Als Anna an diesem Abend bei Tisch von Mr. Rubinstein, ihrem neuen Boß, sprach, merkte ich an ihrem Blick und einem kleinen Lächeln, daß er in der Tat die New Yorker Persönlichkeit war.

Anna war vor einer Woche angekommen. Von Austin aus hatte ich Edith täglich angerufen; doch sie hatte mir nichts davon gesagt, weil auch sie mich einmal überraschen wollte. Ihre große Freundin bei sich zu haben, machte sie richtig froh. Sie wurde wieder zu einem kleinen Mädchen, und sie war sicher, daß auch ich mich freuen würde.

Mr. Rubinstein, der sich bald von Annas Fähigkeiten überzeugt hatte, erfüllte zwar noch nicht ihren großen Wunsch, in New York leben und arbeiten zu können, hatte jedoch entschieden, sie für einige Zeit in den Westen zu schicken und ihr ein riesiges Gebiet anzuvertrauen: Kalifornien, Nevada, Arizona. Anna mußte reisen, mal hierhin, mal dorthin, doch ihr Ausgangspunkt war, zumindest für den Anfang, San Francisco. Edith hatte sie eingeladen, bei uns zu bleiben: Anna hier zu wissen und sie nicht täglich zu sehen, schien ihr absurd! Doch Anna hatte nur unter der Bedingung angenommen, daß sie *room and board*, Wohnen und Essen, bezahlen würde. Auslagen, die man ihr erstattete, sie brauchte nur jeden Monat eine ordnungsgemäße Abrechnung vorzulegen.

Für mich begann damals ein sonderbares, bestürzendes, verwirrtes Leben, wie ich es nie vorausgeahnt und nie für möglich gehalten hätte, es sei denn bei jemand anderem, der nicht daran glaubte, wie ich mir dies stets eingebildet hatte, daß es ganz unmöglich wäre, nicht vernünftig zu überlegen: ein undurchsichtiges, unruhiges Dahinleben, aufreibende Zeiten eines bösartigen Fiebers, an die ich gar nicht mehr zurückdenken möchte. Ich weiß genau, es war ein Verhängnis, und ich konnte ihm nicht entgehen, ohne Edith aufs äußerste zu betrüben. Hätte ich ihr gesagt: nein, ich will nicht, daß Anna bei uns wohnt, hätte ich sie sogar mißtrauisch gemacht. Warum sollte ich es denn nicht wollen? Aber, ach! ich war ja auch gleichzeitig froh darüber, daß ich diesem Verhängnis nicht entgehen konnte.

Anna ging und kam, manchmal war sie wochenlang weg. Die Wunden an meinen Nerven, unter denen ich litt, vernarbten jedesmal, und schon sehnte ich meine Leiden von neuem herbei. Insgesamt war San Francisco für zweieinhalb Jahre ihr Ausgangspunkt: und in den Tagen, die sie da war, lebte ich, vor Erregung oder Angst, in einem dauernden Alarmzustand. Sogar das Arbeiten fiel mir schwer. Ich versuchte nach Möglichkeit, nicht allein mit ihr zu Hause zu sein.

Früher war ich manchmal gegen ein Uhr mittags zu einem kalten Lunch nach Hause gekommen, den Edith mir vorbereitete. Jetzt blieb ich in der Universität. Aber auch Anna kam nicht immer zum Lunch nach Hause. Immerhin, es war nie ganz ausgeschlossen, daß sie doch kommen würde. Um Edith diese veränderte Gewohnheit zu erklären, sagte ich ihr, daß in diesem Trimester die Zahl der Studenten – was übrigens ganz richtig war – zugenommen hatte: ich mußte mehr arbeiten. So nahm ich also meine zweite Mahlzeit in irgendeiner Cafeteria oder irgendeinem Restaurant in der Nähe des Campus ein.

Trotz dieser und anderer Vorsichtsmaßnahmen und trotz ehrlich guter Vorsätze von mir fehlte es nicht an Gelegenheiten, mit Anna allein zu sein: sie waren selten, aber doch nicht so selten, daß ich mich, von einigen Ausnahmen abgesehen, an alle erinnern könnte. Undeutlich empfinde ich noch den bitteren

Geschmack jener überstürzten, verkrampften, tierischen Liebesumarmungen: womöglich sogar stehend, im Badezimmer, während wir zum Fenster schielten, durch das wir sehen konnten, ob der Mustang vorfuhr, falls Edith unvermutet zurückkommen sollte. Zweifellos eine absurde Angst, da wir, Anna oder ich, stets mit einem anderen Vorwand, der gar nicht leicht zu finden war, vorher bei der Bank anriefen. Und sagte man uns, daß Edith da war, jedoch nicht ans Telefon kommen konnte, waren wir willensstark und vorsichtig genug, auf ein Vergnügen zu verzichten, das allmählich zu einem Laster auszuarten drohte. Einzig Ediths Stimme am Telefon gab uns die Gewißheit, die uns notwendig erschien, und wenn wir bei dieser Gewißheit auch noch Angst hatten, so heißt dies, daß die Angst unserem Laster Nahrung gab.

Zu verzichten, unser stetiges Liebesverlangen zu unterdrücken, uns eine dauernde Selbstkontrolle aufzuerlegen, war also gleichbedeutend mit einem Anreiz und, zumindest was mich betraf, mit einer Erregung, die über das Normale hinausgingen: mehr jedenfalls, als wären wir frei gewesen, zu tun, was wir wollten.

Wenn Anna da war, konnte es geschehen, daß wir tagelang ein gemeinsames Leben führten, ohne jede Möglichkeit einer Beziehung. Dann näherte sich der Augenblick ihrer Abreise: und es genügte, daß ich sie sah, um stets bereit zu sein. Anna merkte es und zögerte nicht, wenn Edith aufstand und in die Küche ging, zögerte nicht, einen Blick auf mein Geschlecht zu werfen, widerstand auch nicht der Versuchung, mit dem Handrücken darüber zu streichen, falls sie gerade in der Diele neben mir ging und Edith womöglich nur knapp vor uns war.

An einem späten Samstagnachmittag war ich es, der die erbärmliche Initiative ergriff. Wir wollten zum Abendessen fortgehen. Aber vorher saßen wir noch alle drei vor dem Fernseher, um die Nachrichten zu sehen, die uns wegen irgendeines Ereignisses, an das ich mich nicht mehr erinnere, besonders interessierten. Edith stand auf, wollte vor dem Weggehen noch duschen. Kurz darauf erhob auch ich mich und sah nach, ob sie unter der Dusche war. Ich kam wieder. Anna saß im Sessel, starrte auf den Fernsehapparat und hörte mich nicht kommen. Ihr Gesicht war in der richtigen Höhe: ich schlich mich immer näher an sie heran, bis die Kuppe meines erigierten Glieds von der Seite ihren Mund berührte. Eine Schrecksekunde: war die Badezimmertür aufgegangen? Ich zog mich zurück, ging dann in mein Arbeitszimmer hinüber, ohne Edith zu begegnen, hörte aber auch die Dusche nicht mehr rauschen. Lächerliche und grausame Momente am Rande der Katastrophe. Erinnerungen, die andere Erinnerungen hervorrufen, ohne Chronologie und Erbarmen.

Schon bei ihrer Ankunft in Kalifornien hätte ich Anna gerne etwas geschenkt, aber das war schwierig. Ich kam nie ohne Edith nach San Francisco. Berkeley ist klein und geschwätzig. Wäre ich in ein Geschäft gegangen, hätte mich wahrscheinlich jemand gesehen und dies sicher weitererzählt. Jedenfalls hätte Edith das Geschenk an Anna bemerkt. Anna hätte wohl sagen können, daß sie es selbst gekauft hatte. Doch wozu die Dinge komplizieren? Also sprach ich ganz offen mit ihr darüber.

Eines Abends traf ich sie unten in der Garage: auch sie war eben erst angekommen. Edith befand sich schon im Haus, wir sahen den Mustang davor.

Ich sagte Anna, daß ich ihr schon längst ein Geschenk machen wollte, und bat sie, sich selbst etwas auszusuchen. Sie nahm das Geld mit Freude, mit Begeisterung. Hinten in der Garage war noch ein dunkles Kämmerchen, kaum mehr als ein Abstellraum, mit einem Oberlicht und einer eisernen Tür, zu der nur ich den Schlüssel besaß. Wir schlossen uns ein. Ein sicherer Ort, man brauchte nur leise zu sein. Später stellte ich dann – nicht unnütz bei zwei oder drei weniger riskanten Gelegenheiten – ein Klappbett des früheren Hausbesitzers hinein, das oben nur Platz wegnahm: aber jenes erste Mal hatten wir leider keine Zeit. Edith war im Haus, vielleicht hatte sie uns kommen hören. Anna kniete sich hin und brachte mich, in eine Ecke gedrängt, rasch in völlige Ekstase. Womöglich war ich gerade wegen der Erinnerung an jene Augenblicke, die mich nicht losließ, so verrückt gewesen, eine Katastrophe zu riskieren, als Edith uns vor dem Fernseher alleingelassen hatte, um zu duschen.

»Mach schnell!« flüsterte Anna in dem dunklen Kämmerchen, als ich mich wieder in Ordnung brachte, »sie wäre zu allem fähig! Einmal, als Siebzehnjährige, hat sie ihren Freund mit einer anderen erwischt und hat etwas Fürchterliches getan!«

»Was denn?!«

»Geh jetzt als erster, ich komm' nach, und sag ihr, daß du mich gesehen hast. Sie hat bestimmt gehört, wie unsere Wagen gleichzeitig hier vorgefahren sind. Sag ihr, daß ich noch mit meinen Paketen hantiere.« Anna hatte in ihrem Wagen immer Stoffe, Strickwaren, Muster, Fotoalben, Preislisten, und meistens suchte sie sich etwas heraus und brachte es mit nach oben, um die Bestellungen zu erledigen. Was hatte Edith denn Fürchterliches getan? Um dies zu erfahren, hätte ich mit Anna allein sein müssen, aber das gelang mir nicht mehr. Ein paar Tage danach fuhr sie wieder ab.

Natürlich fürchtete ich, daß Edith mit der Zeit etwas ahnen könnte. Was mich betraf, war sie stets unruhig und mißtrauisch gewesen, und die geringste Meinungsverschiedenheit konnte sie in Wut bringen: ich reagierte nicht mehr darauf. Aber jetzt hatte sie sich doch nach und nach verändert: sie war hart geworden, als fühlte sie irgendwie, daß ich mich von ihr löste, und als hegte sie darum einen tiefen Groll gegen mich, einen Haß, der um so schmerzlicher war, je weniger sie ihn sich selbst erklären konnte.

In den langen Perioden von Annas Abwesenheit widerfuhr es mir manchmal, daß ich bei Tisch geistig abwesend war: und zwar so sehr, daß ich nicht hinhörte, wenn Edith etwas sagte, daß ich es überhaupt nicht wahrnahm.

»Aufwachen!« sagte sie mir dann hart und beleidigt und

schreckte mich auf. Oder auch: »Woran denkst du? Bist du entrückt? Komm wieder auf die Erde!«

»Verzeih«, erwiderte ich, »du weißt doch, daß ich ein Buch über Hawthorne schreibe, eine Mehrarbeit, die mit meinem Lehrauftrag an der Universität überhaupt nichts zu tun hat ... Wenn ich zu Hause bin, geht mir das durch den Kopf.«

Sicher dachte ich an Anna. Doch Edith täuschte sich nicht: ich war wie entrückt, oder vielmehr wie unter dem zeitweiligen Einfluß einer Droge, die mich das tägliche Leben vergessen ließ, vor allem in den Augenblicken, wenn das tägliche Leben nicht das war, das mich glücklich machen konnte, wie ich mir in meiner Phantasie leidenschaftlich vorstellte. Edith täuschte sich nicht. Auch Jack täuschte sich nicht. Jack Strethens war der einzige Kollege in Berkeley, dem ich mich anvertraute. Ich machte ihm auch Andeutungen über meine Schwierigkeiten mit Edith, natürlich ohne etwas von Anna zu sagen. Jack war sehr intelligent und sehr menschlich: er bewunderte Edith und hatte sie vielleicht auch ganz verstanden. Einmal sagte er mir:

»She keeps you in touch with reality«, sie erhält dir den Kontakt mit der Realität aufrecht.

Doch Edith konnte in meinem Verhalten keinen großen Unterschied zwischen der einen und der anderen Periode bemerken: wenn Anna da war und wenn sie nicht da war. War Anna da, unterhielten sich die beiden fortwährend. Ihre Beziehung zueinander war unverändert geblieben: überaus lustig, laut und jungmädchenhaft. Jede Rückkehr Annas bedeutete für Edith ein Fest. Anna berichtete bis in alle Einzelheiten über ihre letzte Reise, erzählte von ihren Kunden, die sich regelmäßig in sie verliebten und von ihr an der Nase herumgeführt wurden, von ihren abendlichen Begegnungen in den Bars der Provinzhotels. Unter den verschiedensten Typen gab es immer einen komischen, einen jungen schüchternen und zitternden Mann sowie einen in reifem Alter, der ihr feierlich vorschlug, das Wochenende mit ihm zu verbringen. Edith hatte ihren Spaß, war interessiert, stellte eine Menge Fragen, unterbrach sie mit den komischsten Bemerkungen, ging völlig aus sich heraus, wurde wieder sie selbst und ganz und gar sympathisch und achtete gar nicht mehr auf mich. Ich beobachtete sie beide wie ein Außenstehender und hatte selbst eine große Freude daran. Ach, hätte ich doch ihre Rollen vertauschen können! Mit beiden leben und abends mit Anna ins Bett gehen!

Aber auch im Bett konnte Edith keinen Unterschied zwischen der einen und der anderen Periode bemerken. Die Lüge jener mittlerweile schon weit zurückliegenden Nacht im Hotel Monaco war Gewohnheit geworden. War Anna da, wenn ich Edith liebte, dachte ich an Anna, weil sie da war. Und war sie weg, dachte ich an sie, weil sie weg war. Im einen wie im anderen Fall, und obwohl ich mich bemühte, das wettzumachen, was ich nicht empfand, und diese Leere vorher und nachher mit Liebkosungen und Küssen zu vertuschen, verstehe ich heute doch, daß Edith meine innere Kälte, meine innere Abwesenheit gefühlt haben mußte, vielleicht nicht mehr und nicht minder wie bei Tisch, wenn ich gar nicht hörte, was sie sagte.

Ja, ich weiß: hätte ich gemerkt, daß ich ihr gegenüber anders geworden war, dann hätte ich mich auch nicht zu wundern brauchen, daß sie mir gegenüber anders geworden war! Aber all dies, was mir jetzt so einfach erscheint, war mir damals nicht klar: wenn wir nichts sehen wollen, sind wir blind. Ich suchte nach anderen Gründen für ihre Veränderung, zergrübelte mir den Kopf, ob sie vielleicht nicht auch an einen anderen Mann dachte. Warum eigentlich nicht?

Sie hatte jetzt ebenfalls damit begonnen, später von der Arbeit zurückzukommen. Überstunden, sagte sie: sie war schon zwei Jahre dort angestellt, man gab ihr schwierigere, verantwortungsvollere Aufgaben, und diese Überstunden wurden gut bezahlt. Gab es vielleicht bei der Bank jemanden, den sie mochte? War das vielleicht der eigentliche Grund dafür gewesen, daß sie sich von Anfang an meinen Besuch dort verbeten hatte? Ich war nach wie vor eifersüchtig. Und wenn es auch mit Anna so schön war, wie ich es mir mit Edith niemals erträumen konnte, nun, so zählte das nicht. Kam sie mit Verspätung, packte mich augenblicklich die Eifersucht, und ich war jedesmal versucht, telefonisch zu kontrollieren. Doch ich durfte nicht übertreiben, um mir nicht die Möglichkeit zu nehmen, sie bei der Bank anrufen zu können, wenn es wirklich nötig war, oder auch, wenn Anna zurückkommen würde.

Anna blieb drei Monate ununterbrochen in Los Angeles. Während dieser Zeit rief ich wiederholt bei der Bank an. Manchmal war Edith da, andere Male nicht: in solchen Fällen waren ihre Erklärungen immer glaubhaft, und doch ärgerte ich mich jedesmal und konnte es nicht lassen, einen Streit zu beginnen. Bis dann an einem Freitagnachmittag, als ich mich entschlossen hatte, anzurufen, bei der Bank niemand mehr antwortete – und um elf Uhr nachts Edith immer noch nicht nach Hause gekommen war. Ich wußte nicht mehr, was ich denken, was ich tun sollte. Jetzt war keine Eifersucht mehr dabei. Wäre sie mit jemandem ausgegangen, hätte sie mich ja erst recht angerufen. Es wäre ihr nicht schwergefallen, bestimmt hätte sie angerufen, wußte ich doch, daß es ihr zum Lügen nie an Phantasie mangelte und daß sie das ausgezeichnet, prompt und frech tat. Nein, es mußte irgend etwas passiert sein, vielleicht ein Autounfall. Und beim Gedanken, daß diese Erklärung möglich, ja sogar wahrscheinlich war, verflüchtigte sich die Eifersucht, und die Angst trat an ihre Stelle: mit wem auch immer sie gegangen sein, was auch immer sie getan haben mochte, spielte keine Rolle mehr. Hauptsache, sie war nicht verletzt. Ich rief bei den Krankenhäusern an. Ich rief bei der Polizei an. Nichts. Eine Viertelstunde nach der anderen verging. Von Zeit zu Zeit lief ich auf die Straße und ein Stück den Hügel hinauf, sah auf die zweihundert Meter entfernte Kurve, und dies nicht so sehr, um den Mustang dort oben auftauchen zu sehen und auf diese Weise das einzige Ereignis, das mich beruhigen konnte, für die Länge eines Augenblicks vorwegzunehmen, sondern vielmehr mit dem irrationalen Vertrauen in eine Art Magie: als hätte ich beim Anschauen der Kurve die Macht besessen, den Wagen heranzuholen, sein Erscheinen zu erzwingen.

Ich ging zurück, sah auf die Uhr. In absoluter Unkenntnis das zu erwarten, was mir jetzt noch bevorstand, schien mir immer wieder unerträglich. Ich trat auf die Terrasse, die zur Bucht hinausging. Ich sah die blauen, blitzenden Lichter entlang der Verstrebungen der Bay Bridge; die ungeheure dunstige Helligkeit, die San Franciscos Wolkenkratzer umhüllte; die roten Signale der Golden Gate Bridge; mir gegenüber, auf der anderen Seite der Bucht, das große, schwarze Massiv des Tamalpaïs, das sich bis in Sternennähe erhob, und zu dessen Füßen die zitternden kleinen Lichter an den Ufern; ich sah in der Mitte, im großen, leeren Raum, die Schiffslaternen vorüberziehen, einige schnell, andere langsam, und ihre Reflexe in dem sonst unsichtbaren Wasser; ich sah im nahen Umkreis die verstreuten Lichter von Spruce, viele kleine Villen wie die unsere: bei den nähergelegenen erkannte ich zwischen dem dunklen Laub der immergrünen Gewächse im Erdgeschoß die breiten Fenster der *living rooms*, von denen jeder das geruhsame Bild eines Lebens ohne Schmerz ausstrahlte. Ich trat zurück, ins Haus, sah wieder auf die Uhr.

Ich hatte das Verlangen zu beten. Wir besaßen keine religiösen Bilder. Regungslos stand ich zwischen den profanen Wänden unseres *living room* und sprach mit lauter Stimme drei Ave-Maria. Ob ich ungläubig bin? Vielleicht bin ich ungläubig. Muß man denn glaubig sein, um zu beten? Wenn nichts mehr zu machen ist, betet man. Unvermittelt, vielleicht gerade, weil ich mich bemühte, ruhig zu sein, überfiel mich ein Gedanke, der mich in Wut brachte. Ja, ich dachte: würde ich plötzlich benachrichtigt, daß Anna tot ist, dann würde ich es gewiß bedauern, aber ich empfände keine Verzweiflung, keinen wirklichen Schmerz dabei. Es war ein Gedanke, bei dem ich in Ruhe und ohne Schrecken und sogar – wie ich herausfand – mit einem gewissen Zynismus verweilen konnte, als sagte ich mir gar: nicht alles Unheil geschieht zum Schaden, und würde Anna nicht mehr existieren, hätte ich kein Verlangen mehr nach ihr, und das wäre jedenfalls eine Befreiung. Während die gleiche Hypothese, Edith betreffend, mir nicht in den Sinn kam, ich es nicht zuließ, daß sie mir in den Sinn kam.

Wenige Augenblicke danach, beim Geräusch eines Wagens, der vor dem Haus anhielt, rannte ich hinaus: sie war es, mein Gott, ich danke dir!

Doch es war nicht der Mustang. Heléna Poganyi und ihr Mann, zwei Ungarn, hatten Edith mit ihrem Auto hergebracht. Heléna war ebenfalls bei der Bank, sie war Ediths Abteilungsleiterin. Ich kannte sie gut. Sie war mit ihrem Mann zu den wenigen Parties gekommen, die wir in unserem Haus veranstaltet hatten. Eine schöne Frau in mittlerem Alter, blond, dick, lustig und sehr herzlich. Die Poganyis hatten an diesem Tag in aller Eile zu ihrem Landhaus fahren müssen, zu ihren Tokajer-Reben im Napa Valley in Calistosa, und hatten sie aufgefordert mitzukommen. Edith hatte ihren Wagen vor der Bank gelassen. Sie waren früh weggefahren, schon vor drei Uhr. Edith hatte bei mir angerufen, um mir Bescheid zu sagen, aber zu früh: ich war noch nicht zu Hause. Und nachher? Ja, beim Weinberg draußen gab es vorläufig noch kein Telefon. Sie hatten gearbeitet, den Tokajer in Flaschen gefüllt, gegessen und getrunken, die ganze Zeit gelacht, und sie lachten auch jetzt noch fortwährend. Kurz und gut, sie hatten sich verspätet. Auf dem *freeway* gab es schon den Rückflutverkehr vom Lande. Und bei den *snacks*, wo sie anhielten, waren unglücklicherweise sämtliche Telefone belagert, man hätte sich anstellen müssen...

Allzu groß war meine Freude, Edith gesund und munter wiederzusehen. Und ich war allzu bereit, sofort alles zu glauben. Und die Poganyis waren so sympathisch. »Wir haben *Virginia ham*«, sagte ich, »und fertige *knedliky*, die Edith gestern abend gemacht hat, man braucht sie nur aufzuwärmen!« Diese Idee, sie zu einem kleinen Imbiß und zum Bleiben einzuladen, stammte von mir, der nächste Tag war ja ein Sonnabend. Er ging gleich zum Wagen und holte zwei Flaschen Tokajer.

Die Zweifel kamen mir am nächsten Tag. Vielleicht war die Entschuldigung für Ediths Verspätung durch ihre Kompliziertheit und allzu dick vorgebrachte Wahrscheinlichkeit doch nicht so glaubhaft wie andere Male. Heléna erschien mir plötzlich in einem neuen Licht. Heléna war der echte, gutmütige mitteleuropäische Belle-Epoque-Typ, wie geschaffen dazu, unbeschwert und fröhlich einen außerehelichen Flirt zu begünstigen. Ihr Mann war bedeutend älter als sie: schnurrbärtig, vertrottelt und offensichtlich ein Pantoffelheld. Wer sagt denn, daß sie nicht kurz vor Spruce jenen Kollegen Ediths abgesetzt hatten, der ihr Freund oder doch zumindest ihr Verehrer war?

Ach, und das kindliche, herzzerreißende Klagen erst, das ich ein paar Nächte danach zu hören bekam! Edith weinte neben mir im Schlaf, weinte, klagte, sprach verzweifelt unverständliche Worte mit dem schwachen, dünnen, zarten Stimmchen eines ganz kleinen Mädchens, das man an einem einsamen und schrecklichen Ort alleingelassen hatte.

Schon in Willimantic hatte ich sie zweimal mit diesem Stimmchen voll rätselhaften Leids träumen und klagen gehört, und dann war sie außer Atem aufgewacht: sie hatte einen bösen Traum gehabt, an den sie sich nicht mehr erinnerte oder an den sie sich vor mir nicht erinnern wollte, und da hatte ich mir gesagt, daß sie vielleicht einmal als Kind einen grausamen Schrecken, vielleicht eine Gewalttätigkeit erlitten hatte, die sie mir gar nicht sagen konnte.

Auch als sie jetzt aufwachte, war sie ganz atemlos. Sie tastete nach mir, schlang mir schluchzend ihre Arme um den Hals und überließ sich einem lang anhaltenden Weinen. Das Herz schlug ihr bis zum Hals, ich spürte es an meinem Herzen.

»Ich bin ja hier«, sagte ich, »ich bin hier, Liebling, hab' keine Angst. Laß doch gut sein, Liebling, es ist ja nichts.«

»Ja, Lieber, ich habe keine Angst mehr.«

Nach und nach verebbte ihr Schluchzen. Jetzt war sie ruhig. Da liebten wir uns. Es war ein wenig wie das erste Mal.

Und wie damals hatte sie noch eine letzte Träne kindlichen Trostes in einem Winkel ihrer dunkelblauen Augen.

»Ich bin, wie du es dir vorstellst, und ich bin für dich«, wollte ich ihr schon sagen und erinnerte mich gar nicht, daß ich in New York so etwas ähnliches auch bei Anna gedacht hatte.

Ob nun Edith einen andern Mann hatte oder nicht, und ob dieser andere einer von der Bank war oder nicht, ich begriff in meiner tiefen Bewegung, daß, mehr noch als ihre ärgerlichen und berechtigten Vorwürfe, ihre unschuldigen Tränen »meinen Kontakt zur Realität aufrechterhielten«.

11

Am 11. Oktober 1968 wurde ich amerikanischer Staatsbürger. Wir waren jetzt schon fünf Jahre in Berkeley, die halbe Zeit davon war Anna bei uns. Anna im Unterkleid auf dem Bett des Gästezimmers war der Auftakt gewesen zu einer langen, zerrissenen, qualvollen, höllischen, jedoch in sich geschlossenen, unbewegten Epoche ohne die Gefahr einer Veränderung, die uns Unheil, vielleicht auch Frieden bringen, jedenfalls allem ein Ende hätte bereiten können. Das Schicksal hatte es so gewollt. Hätte Anna in San Francisco eine feste Arbeit gehabt und immer bei uns gelebt, wäre früher oder später etwas Irreparables geschehen. So aber, mit ihrem dauernden Kommen und Gehen, mit ihren Anwesenheiten und Abwesenheiten, die ganz unregelmäßig waren, Tage, Wochen, Monate, blieb der Zauber ihrer Persönlichkeit stets lebendig, fühlte ich innerhalb der Hauswände ihre Körperwärme nie so sehr wie vom Augenblick ihrer Abreise bis zum Augenblick ihrer Rückkehr, begriff nie so sehr wie bei ihrem Weggang und bei ihrem Wiederkommen, wie überaus wichtig sie für mich war. Daß sie, wenn sie da war, sichtbar war, in meiner Nähe war, daß ich ihr Parfum roch, unvermutet und ungewollt dem Blick ihrer mütterlichen braunen Augen begegnete, erschien mir fast wie ein Wunder: vor Angst, daß mich Edith irgendwie anders finden könnte als sonst, bemühte ich mich dann unaufhörlich, meine Gemütsverfassung zu verbergen, unterdrückte meine Freude, hielt meine Augen gesenkt oder sah Edith noch länger an als sonst, wenn ich mit Edith allein war. Bei Tisch war es sogar so: ich saß zwischen den beiden, stritt mich nicht mehr mit Edith und hatte ihr gegenüber nicht mehr diese neurotische Unduldsamkeit, die mich so beängstigte und sie nicht minder störte. Ich genoß es, Anna essen zu sehen und essen zu hören. Die speziellen Laute, mit denen das Essen in sie einging, beleidigten mich keineswegs, ich mochte sie sogar. Dieses angenehme Empfinden war so stark, daß es sogar meine Unduldsamkeit ausglich, die Belästigung aufhob, die Edith mir verursachte. Und das in einem solchen Maße, daß ich heute versucht bin, meinen Gedankengang auf den Kopf zu stellen: an der Seite eines geliebten Menschen mit Behagen zu essen, kann ein Zeichen von zu wenig Liebe sein, an der Seite eines geliebten Menschen mit Unbehagen zu essen, kann ein Zeichen von allzu großer Liebe sein. Ich meine aber, und dies sei den Feministinnen zum Trost gesagt, daß dieser Hinweis nicht für die Frauen gilt. Die Frauen, die uns werden lassen und uns nähren, die neun Monate in ihrem Körper einen anderen Körper tragen, können froh sein: sie sind immun und werden immer immun sein gegen solch schmerzhafte Abneigungen, gegen solche Überempfindlichkeiten.

Der Tag, an dem mir die Staatsbürgerschaft zuerkannt wurde, war ein Freitag, Anna war bei uns in Berkeley, und Edith hatte von der Bank frei bekommen. Wir beschlossen, das Ereignis zu feiern.

Anna und Edith begleiteten mich zu der einfachen Zeremonie nach San Francisco, in die *City Hall*. Anschließend kehrten wir nach Hause zurück. Ein schon am Vorabend zubereitetes besonderes Essen mit meinen Lieblingsspeisen erwartete uns: von Edith die böhmischen *knedliky*; von Anna Schwertfisch auf sizilianische Art mit *salsamariglio*, einer besonderen Soße. Und wie ich es gewünscht hatte, gab es keine Gäste außer Jack und seiner Frau, die aber nur zum Kaffee kamen.

Ein höchst fröhlicher Lunch, alle drei ein wenig beschwipst vom besten Chablis aus Kalifornien. Plötzlich, gegen Ende, stand Edith auf und klagte über Kopfweh: sie wollte sich unbedingt hinlegen und ging in unser Schlafzimmer hinüber. Sie hatte das manchmal, kein Grund also zur Beunruhigung. Doch diesmal glühte sie, hatte unnatürlich rote Flecken auf den Wangen, sie, die doch immer so blaß war mit ihrem rosigen, fast weißen Teint. Vielleicht hatte sie zuviel getrunken. Vielleicht hatte auch ich zuviel getrunken, und bei Ediths Röte überkam mich der Verdacht, ja, die Furcht, ich könnte vorhin ihr gegenüber einen Fehler, eine Unvorsichtigkeit begangen haben. Und sowie ich mit Anna allein war, flüsterte ich:

»Habe ich denn irgend etwas gesagt, das ich nicht hätte sagen sollen? Habe ich dich zuviel angesehen?«

»Aber nein, nicht im mindesten. Was bildest du dir ein? Sei ganz ruhig. Ihr ist nicht gut, das ist alles. Du wirst sehen, nach einer heißen Limonade geht's ihr gleich besser.« Und sie begab sich in die Küche, um die Limonade zu machen.

Alleingeblieben vor meinem halbgefrorenen Erdbeereis mit Schlagsahne und Schokolade, eine Nachspeise, die ich besonders mochte, aß ich es zerstreut zu Ende. Was ich ja schon wußte, bewahrheitete sich. Ebenso wie Annas berückende Gegenwart das Unbehagen aufhob, das mir Edith zuweilen bereitete, so genügte eine kleine Unpäßlichkeit von Edith, um Annas ganzen Zauber zunichte zu machen.

Anna setzte sich wieder neben mich. Schweigend löffelte sie ihr Eis. Schweigend erhebe auch ich mich jetzt und gehe hinüber zu Edith.

Es war ihr schon wohler, und sie lächelte. Ich beugte mich über sie:

»Das ist erst der zweite Kuß, den ich dir als Staatsbürger gebe…«

»O.k. Aber… aber geh jetzt rüber, ich will mich noch ein bißchen ausruhen.«

Als Jack kam, erschien Edith sofort. Sie trug ein anderes Kleid und hatte wieder ihr schönes blasses, nur ein ganz wenig rosiges Gesicht.

Tags darauf fuhr Anna ab, und wir sahen sie erst im Dezember wieder. Als ich dann eines Abends von der Universität heimkam, fand ich sie im *living room*, wie sie mit Edith zusammen Tee trank. Die beiden Freundinnen sprachen angeregt miteinander, saßen ganz dicht beisammen. Edith hatte eine Überraschung.

Am selben Tag hatte die Bank ihr den Auftrag für eine Reise gegeben, eine ganze Arbeitswoche! Fünf Tage! Sie sollte zu einigen Filialen in der Provinz, zu einer Kontrolle.

Mir stockte der Atem, das Herz klopfte mir bis zum Hals. Ich sah weg, um nicht Anna ansehen zu müssen. Ich machte alle Anstrengungen, um mich zu beherrschen: und weil ich merkte, daß es mir nicht gelang, schimpfte ich auf die Bank, sagte, daß es mich ärgerte, und rief gleich bei Heléna zu Hause an.

Höchst erstaunt setzte mir Heléna auseinander, daß dies nur gut für Edith sei, *a great opportunity*, ein Vertrauensbeweis, und so weiter, und so weiter. Ich begriff, daß es keinen Zweck hatte, mich zu widersetzen.

»Was ist denn mit dir?« meinte Edith lachend. »Hast du vielleicht Angst, mit Anna allein zu bleiben? Hast du Angst, daß sie dich verführt?«

»Sieh dich vor, Edoardo, ich bin unwiderstehlich!« sagte Anna. »Du kennst mich noch nicht! Ich bin ein echter Vamp!«

Und Edith:

»Ich rufe jeden Abend von dort an, wo ich gerade bin, und rede mit euch allen beiden, um euch zu überwachen! Seid auf der Hut, ich habe schließlich den sechsten Sinn.«

Nun, wir haben noch eine Menge Witze darüber gemacht. Und Montag früh ist Edith abgefahren.

Es gab nichts, was Anna und ich uns mehr gewünscht hätten. In einem Zeitraum von fast drei Jahren hatten wir uns zwar oft geliebt, doch jedesmal nur einige ängstliche Minuten lang. Und die Lust, die wir in New York genossen hatten, erschien uns mittlerweile wie ein weit zurückliegender Traum.

An diesem Montagabend kam ich mit einem Geschenk für Anna nach Hause, einem Symbol von geringem Wert, etwas, das sie sich überall selbst hätte kaufen können, einer Handtasche, aber darin die Wirklichkeit, die sie haben wollte, ein nicht unbedeutender Dollarbetrag. Und dann…

... Und dann haben wir all das getan und uns all das gesagt, woran wir schon immer gedacht, doch was wir nie hatten tun oder sagen können.

Die Nacht begann um sechs und dauerte bis zum Morgengrauen. Ich schlief nicht mehr als drei Stunden, Anna blieb bis mittags oder auch länger im Bett, keiner kontrollierte sie ja.

Edith rief jeden Abend pünktlich um neun an. Sie rief immer von anderswoher an, war einen Tag hier und einen Tag dort, in Städtchen oder Dörfern, von denen ich noch nie gehört hatte, und wollte mir auch nicht die Telefonnummer des Hotels geben, sagte, sie kenne sie nicht, es sei zwecklos, sie mir zu geben, und sie wolle sie mir nicht geben. Sie sei müde, habe bis jetzt gearbeitet und wolle gleich schlafen:

»Du hast die Manie zu telefonieren, aber ich will auf gar keinen Fall gestört werden!«

Mir war nicht ganz wohl bei dieser Sache. Und wenn sie plötzlich nach Hause käme und uns im Bett fände? Anna sagte mir allen Ernstes, sie würde jede Verantwortung auf sich nehmen. Sie sei sicher - sicher -, daß Edith die Wahrheit spreche:

»Würde Edith uns beide oder auch nur dich verdächtigen, wüßte ich es. Ich habe ihr nämlich geholfen, die Koffer zu packen, und habe in alle Schubladen geschaut.«

Ich verstand nicht.

»Ich will damit sagen, daß sie keinen Revolver mitgenommen und auch keinen hier im Haus versteckt hat.«

»Einen Revolver?! War es das, was du mir nicht gesagt hattest? Das Schreckliche, was sie als Siebzehnjährige mit dem Jungen gemacht hat, der mit einer anderen gegangen ist?«

»Ja, sie hat auf ihn geschossen... Oh, sie hat gut aufgepaßt, daß sie ihn nur am Arm verletzte. Also hat sie ihm eigentlich nichts getan. Aber sie hat auf ihn geschossen. Ich war nicht da. In den Tagen war ich gar nicht in Willimantic, sondern bei meinen Vettern in Boston. Sonst wäre das auch nicht passiert. Dann hätte sie ihre Wut erst einmal an mir ausgelassen! Ich bin ihr Blitzableiter, wenn sie verrückt spielt!«

»Und wenn sie mich ihrerseits betrügt?«

Zum erstenmal konnte ich Anna gegenüber meinen Verdacht äußern: ein Freund, den Edith meiner Meinung nach bei der Bank hatte.

Nein, Anna hielt es für ausgeschlossen:

»Das müßte ich wissen. Sie sagt mir alles, sogar die kleinsten Kleinigkeiten. Und wenn sie mir aus dem einen oder anderen Grund irgendeine Einzelheit verschweigt, dann ist es so, als würde sie mir diese trotzdem sagen: denn ich verstehe sie sofort.«

Ich gestand Anna in aller Offenheit, daß mich diese Geschichte mit dem Bankauftrag nicht überzeugte. Mir war so, als steckte irgend etwas anderes dahinter. Da sie doch so gut informiert sei, müsse sie auch hier die ganze Wahrheit kennen. Wo war Edith? Hatte ihr nicht Heléna wieder Hilfestellung geleistet wie das andere Mal beim Ausflug zu den Tokajer-Rebstöcken? Vielleicht nicht gerade für den Kollegen und Herzensfreund, vielleicht war das nur ein Verdacht von mir. Aber daß ihre derzeitige Abwesenheit für die Dauer einer Woche etwas verbarg, was sie mir nicht sagen wollte, dessen war ich nun so gut wie sicher. Helénas Reaktion am Telefon war doch allzu entschieden gewesen: vorbereitete Worte. Ich glaubte, Ediths eindringliche Instruktionen förmlich hören zu können: »Also, Heléna, er wird dich bestimmt gleich anrufen, und du mußt ihm so und so erwidern.« Oder... oder dieser Auftrag war echt, es gab ihn wirklich, aber dann machte sie doch diese Kontrollreise nicht allein, sondern mit ihrem Verehrer, den sie schon wer weiß wie lange bei der Bank hatte! Ja, bitte, das war ganz einfach die Wahrheit.

Und ich gestand Anna noch eine andere Idee, die mir in den Sinn gekommen war: vielleicht tat ich falsch daran, mir so viele Gedanken zu machen. Ich sollte lieber die Gelegenheit nutzen. Wenn Edith diesen Mann liebte, wer immer er auch war, warum sollten wir beide dann nicht Vorteil daraus ziehen?

»Wir beide? Was habe denn ich damit zu tun?«

Ich dachte, Anna würde mich verstehen. Wir lagen im Bett, in der Dunkelheit, hatten uns lange geliebt. Ich erklärte bebend:

»Aber ja, gewiß: zuerst trennen wir uns, Edith und ich ... dann lassen wir uns scheiden ... und dann ... dann könnten wir beide ja auch heiraten.«

Anna schwieg.

»Was denn?« fragte ich. »Willst du denn nicht?«

Anna schwieg noch immer.

»Anna, wenn wir beide frei wären, du und ich, wenn wir auf die eine oder die andere Weise frei wären, frei über uns verfügen könnten ... wenn du nicht ihre beste Freundin wärst ... und sich etwas ereignen würde ... könnten wir auch zusammen leben, ohne zu heiraten. Aber ich würde dich dann heiraten wollen. Ich würde dir den Beweis geben wollen, daß ich dich liebe.«

»Liebst du mich?« fragte sie. Und ich glaube, sie lächelte in der Dunkelheit.

Ich fühlte, wie sich ihre glatte, lange, leichte Hand auf meine nackte Brust legte. Dann sagte sie mit ihrer tiefen, ruhigen Stimme ganz ernsthaft:

»Edoardo, vielleicht glaubst du nicht, daß ich dich liebe... Nein, sag jetzt nichts. Vielleicht glaubst du nicht, daß ich dich liebe. Aber du bist es doch, der mich zu lieben glaubt und es in Wirklichkeit nicht tut, oder jedenfalls nicht so, wie du meinst. Ich kenne Edith, aber inzwischen kenne ich auch dich. Ich weiß, daß ich dir gefalle. Ich gefalle dir mehr als alle anderen Frauen vor mir, ich gefalle dir mehr als Edith. Im Bett bist du mit mir, wie du noch nie mit einer anderen warst: jedenfalls noch niemals mit Edith. Glaubst du, Edith hat mir gegenüber nichts durchblicken lassen? Aber ich gefalle dir nur fürs Bett und für nichts anderes.«

»Das ist wichtig, das ist...«

»Es ist, was es ist, und nichts mehr. Es gibt so viele Dinge, die wichtiger sind. Du liebst mich nicht. Du liebst Edith. Aber sie liebt dich auf eine bessere Art, als du sie liebst.«

»Daran zweifle ich. In Willimantic zum Beispiel habe ich sie mehr als einmal ertappt, und sie hat es mir auch zugegeben. Da du ja alles weißt: weißt du auch das?«

»Oh, in Willimantic, das war am Anfang ... und Seitensprünge haben nicht viel zu bedeuten. Schau mal, du sagst etwas Absurdes, das weiß ich, du sagst nämlich, wenn Edith einen anderen lieben würde und wenn sie damit einverstanden wäre, sich von dir scheiden zu lassen ... Und du sagst auch: wenn wir frei wären, wenn sich etwas ereignen würde ... Gut, auch ich habe schon manchmal daran gedacht. Aber weißt du, zu welchem Schluß ich dann jedesmal komme? Kannst du's erraten?«

»Daß du nie mit mir leben möchtest? Ist das der Schluß, zu dem du kommst?«

»Nein. Anders. Es ist so was wie ein Gefühl, und ich weiß nicht, warum ich's habe. Das Gefühl, wenn du dich von Edith scheiden lassen würdest ... oder wenn es Edith nicht gäbe, wenn es sie nie gegeben hätte, daß du mich dann nicht einmal angesehen hättest.«

»Aber das ist doch Unsinn. Du weißt, was es für mich allein schon bedeutet hat, dich anzusehen!«

»Ja, ich habe dir augenblicklich gefallen. Und sonst nichts. Du hättest immer versucht, mit mir ins Bett zu gehen. Und sonst nichts.«

»Das erste Mal, als ich dich in der Kirche sah, da drehte ich mich um, und das war ...«

»Wie sagen sie ...«, und wieder merkte ich, wie sie in der Dunkelheit lächelte, »... wie sagen sie, die Franzosen?«

»*Le coup de foudre.* Ein Blitzschlag, Liebe auf den ersten Blick.«

»Ja, vielleicht. Da knietest du neben Edith. Hättest du mich aber in einem Restaurant, in einem Kino, in einem Flugzeug oder auf der Straße gesehen, wäre dieser Blitz ... weniger ein Blitz gewesen.«

Sie ließ mich ein wenig protestieren und räumte dann, immer noch in jenem bitteren Ton, ein:

»Ja, vielleicht hast du recht, ich bin für dich geschaffen und du für mich. Aber, ich sage es noch einmal, nur im Bett. Und leider steht fest, daß dies allein nicht reicht. Du bist ein Verrückter und weißt es nicht einmal. Oder du bist ein Egoist und spielst gern den Verrückten. In deinem Herzen liebst du nur Edith, wie auch sie nur dich liebt. Und sieh, eines Tages werdet ihr ein Kind haben, du willst es, und sie will es. Leugne es nicht, ich weiß es. Ihr werdet immer streiten, aber ihr werdet immer irgendwie glücklich sein. Und was mich betrifft, ich werde jedenfalls, auch wenn die Situation bei dir und Edith eine andere wäre ... Ich hab's dir noch nicht erzählt, doch Edith weiß es schon eine Weile, und Rubinstein, der mich vorgestern aus Miami anrief, hat es mir bestätigt: ich muß bald hier weg, muß meinen Stützpunkt nach Los Angeles verlegen, denn jetzt gibt man mir auch noch New Mexico und Texas, und in ein paar Monaten komme ich dann wahrscheinlich – das hat jedenfalls Mr. Rubinstein gesagt – nach New York, mein eigentliches Ziel von Anfang an. Verstanden, du meine große und ewige Liebe?«

»Nein, ich hab's nicht verstanden«, und nun endlich begann ich sie zu liebkosen und zu küssen, wie dies jetzt mein dringender, verzehrender, schönster Wunsch war: aber dabei wußte ich, daß sie recht hatte.

12

Freitagabend kam Edith von ihrer Reise zurück, über und über beladen mit Geschenken für Anna und mich. Da gab es alles. Für mich Krawatten, Gürtel, Cowboystiefel, Zigarren, Bleistiftanspitzer, Zinfandel-Flaschen. Für Anna mexikanische Schals, künstliche Blumen, Schönheitscremes, Halsketten aus Jade, ein besticktes Kissen und auch noch eine Handtasche.

»Schau mal, was für ein Zufall!« rief Anna. »Edoardo hat mir zum Dank, daß ich ihn bekocht habe, eine ganz gleiche geschenkt. Hier, das ist sie. Wirklich ein vollkommenes Geschenk. Nur die Farbe ist anders. Deine ist braun und seine ist grün.«

Edith war so guter Dinge, wie ich sie noch nie gesehen hatte, und eigentümlich erregt. Hatte sie vielleicht gemerkt, daß ich ihr die Reise nicht glaubte? Wollte sie mir mit all den Geschenken greifbare Beweise liefern? Sie knallte einen Haufen Prospekte auf den Tisch: Restaurants, Hotels, Nachtclubs, kleine Museen, Naturdenkmäler, Naturparks mit hundertjährigen Bäumen.

»Wie ich sehe, hat es dir viel Spaß gemacht«, sagte ich.

»Sehr viel. Könnte ich nur jeden Monat so eine Reise machen. Du sagst immer, daß die Staaten überall gleich sind. Aber das stimmt nicht, es gibt eine Menge Abwechslung, wie in Italien, wie in Europa!«

»Dann ist es also gar nicht wahr, daß du jeden Abend um neun schlafengegangen bist. Deswegen wolltest du mir auch nicht deine jeweilige Telefonnummer geben!«

»Für die Läden und alles andere ist um halb sechs Feierabend.«

»Auch die Nachtclubs?«

»Ich habe meinen Fuß nie in einen gesetzt. Die Prospekte habe ich alle von den Hoteltischen mitgenommen, Reklame für die örtlichen Lokale.«

Essend, trinkend, rauchend erzählte sie eine Unmenge von Erlebnissen, genau wie es Anna immer machte, wenn sie von ihren Rundreisen zurückkehrte. Jetzt redete sie, und Anna hörte zu, freute sich, sie so aufgeräumt zu sehen.

Am Anfang freute auch ich mich. Ich hatte ein Gefühl der Beruhigung. Aber später wurde ich doch mißtrauisch, weil sie mit dem Erzählen gar nicht aufhören wollte. Bei ihrer guten Laune war eine übertriebene, fast vorgeplante Lebendigkeit, die mich beunruhigte. Und wie ich sie näher betrachtete, sah ich, daß sie ein müdes, eingefallenes Gesicht hatte, die Wangen fast ebenso gerötet wie bei jenem einen Mal. Und als ich Anna ansah, die ihr mit so großem Vergnügen zuzuhören schien, entdeckte ich plötzlich einen ganz anderen Gesichtsausdruck: einen ernsten, besorgten.

Was hatte also Edith zu dieser Erregung gebracht? Ich hielt es für eindeutig: der junge Kollege hatte die Reise mit ihr gemacht, und das Abenteuer war am Ende nicht gut ausgegangen. Wenn Edith enttäuscht und auf sich selbst ärgerlich war, reagierte sie auf diese Weise, mit ihrem üblichen Mut und Stolz.

Im Bett, an diesem Abend, liebte ich Edith nach wer weiß wie langer Zeit wieder einmal, ohne an Anna zu denken. Ich war eifersüchtig, vielleicht begehrte ich Edith ein wenig wie Anna, als eine Frau, die mit andern geht, nur daß ich, was Anna betraf, niemals eifersüchtig gewesen war. Ich glaube, daß mir beim Lieben sogar irgendeine Doppelsinnigkeit, eine Andeutung dessen entfuhr, was ich dachte: »Nicht wahr, du hast ein bißchen über die Stränge geschlagen? Sag schon, was du angestellt hast!«

Doch Edith sagte gar nichts. Ich fühlte, daß sie woanders, daß sie in sich verschlossen war, wie gefangen von einer fixen Idee, einem Geheimnis. Gleich danach schlief sie ein. Ich aber lag noch lange wach und fand keine Ruhe. Aber wie sollte ich's ihr sagen? Wie sollte ich ihr Vorwürfe machen können? Ach, wenn ich so eifersüchtig war, während ich mich doch so schuldig fühlte, hatte dann Anna mit ihrer Behauptung nicht recht gehabt, ich würde Edith nicht genügend und sie noch viel weniger lieben? Oder auch, es stimmte gar nicht, daß Edith mit einem andern gewesen war. Je mehr ich an ihre Erzählungen, ihre Geschenke, ihre Heiterkeit dachte, um so mehr fand ich daran etwas Unnatürliches, Unerklärliches, ja, sogar Beängstigendes.

Die beiden Tage des Wochenendes verbrachten wir ausschließlich in Spruce: Nachspiel, Abschwächung, Ausklang jener von Edith hervorgerufenen überhitzten Atmosphäre, die sich beim Frühstück am Samstag durch eine Äußerung Ediths unvorhergesehen mit tiefem Unbehagen vermengte.

Wieder mit dieser erzwungenen oder doch erzwungen wirkenden Ausgelassenheit sieht Edith erst Anna an, die ihr gegenübersitzt, dann mich, und sagt:

»Wahrscheinlich war's, weil ich todmüde war, aber so gut wie heute nacht habe ich noch nie geschlafen. Erstaunlich, oder? Höchst erstaunlich!« Und bricht in schallendes Gelächter aus.

»Warum höchst erstaunlich?« fragt Anna unvorsichtigerweise.

Und Edith, immer noch lachend:

»Wenn du schon unbedingt mit ihm ins Bett gehen wolltest, dann hättest du ja auch dein Bett dazu benutzen können, obwohl du in der letzten Zeit dicker geworden bist!«

Wir lachen mit. Was sollen wir sonst tun? Wir lachen alle drei wie die Verrückten, finden gar kein Ende. Anna macht das viel besser als ich. Bis sie vor lauter Lachen nur mit Mühe hervorbringt:

»Wie hast du denn das gemerkt?« Und Edith prompt:

»Du hättest wenigstens vorher ein anständiges Bad nehmen können.«

»Das habe ich doch!«

»Komisch, dein Parfum war zu riechen.«

»Das hab' ich dir angehängt, als ich dich gestern abend vor Wiedersehensfreude so fest umarmt habe.«

»Gut ausgedacht, wenn's nur stimmt, Anna.«

»Ich hab' dir schon immer gesagt, daß ich eine perfekte Schauspielerin bin!«

Gott sei Dank geht es auf diese Art lachend weiter, bis wir das Thema wechseln.

Natürlich hatten Anna und ich uns gehütet, einen so elementaren Fehler zu begehen. Wir schliefen nur die erste Nacht im Ehebett, dann haben wir die Wäsche gewechselt und gewaschen, die anderen Nächte liebten wir uns in Annas kleinem Bett. Vor dem Morgengrauen kehrte ich ins Schlafzimmer zurück, duschte mich aber vorher. Konnte Edith wirklich Annas Parfum gerochen haben? Oder war es nur eine Vermutung, eine Probe gewesen, um zu hören, was wir antworten würden? Oder nichts weiter als ein Scherz?

Auch heute wüßte ich noch keine Antwort darauf. Ich hatte nie eine Gelegenheit, auch später nicht, mit Anna über die erschreckenden Minuten während dieses Frühstücks zu sprechen. In den unmittelbar darauffolgenden Tagen blieb mir jedoch ein Unbehagen zurück und, wie ich meine, auch Anna während der ganzen Zeit, die sie noch mit uns verbrachte, bevor sie endgültig nach Los Angeles umzog: ein Unbehagen, eine Pein, die sich plötzlich noch vergrößerte.

Zum neuen akademischen Jahr hatte Shirley, meine ehemalige *research assistant* in Storrs, ihren Ph. D. gemacht und einen Lehrstuhl an der Universität Stanford auf der anderen Seite der Bucht, im Süden von San Francisco, bekommen. Ediths tragikomischer Scherz brachte mich dazu, die Harmlosigkeit ihrer »Bank-Reise« noch mehr in Zweifel zu ziehen, und sie verstärkte auch meine Eifersucht. Zwei Tage später treffe ich Shirley in der Bibliothek von Berkeley, und wir sprechen kurz miteinander, mehr nicht: doch am Abend treibt mich ein Verlangen nach Rache und Angeberei, und ich sage Edith unvermittelt, daß ich Shirley wiedergesehen habe.

»Ach, Shirley? Diese Hure?«

Anna schafft es nicht mehr, sie zurückzuhalten, und ich nicht, ganz auszuweichen: Edith wirft mit einem Glas nach mir, das mich nur streift, es genügt ihr ein Augenblick, um zu sehen, daß ich nur einen Kratzer abbekommen habe, und sie spricht weiter: »Glaubst du vielleicht, daß ich dich nach sechs Jahren nicht kenne? Ich war sicher, verstehst du, sicher, daß du dich danebenbenommen hast. Nicht mit Anna, natürlich nicht. Ha, jetzt ist mir alles klar.«

Es war ein wenig Blut gekommen: ich tupfte es mit dem Taschentuch ab, leugnete und lachte. Edith schien wirklich zu glauben, daß ich mit Shirley geschlafen hatte, und sie schimpfte weiter auf Shirley und mich. Ich lachte erleichtert: ungewollt hatte ich Ediths Verdacht auf Shirley gelenkt! Doch Anna erhebt sich, trinkt langsam ein Glas Wasser und sagt dann ernst und steif, als wollte sie eine plötzliche Entrüstung unterdrükken, mit betonter Deutlichkeit:

»Ich gehe.«

»Wohin denn?« fragt Edith, auf einmal wieder ganz ruhig.

»Ganz einfach, ich gehe. Ich packe meine Koffer und gehe. Es ist ohnehin zu Ende. Eine Woche mehr, eine Woche weniger, mein Platz ist jetzt in Los Angeles.«

»Fährst du gleich nach Los Angeles?«

»Nein, ich habe noch eine Zeitlang hier zu tun. Ich gehe in ein Hotel, hier oder in San Francisco. Besser in San Francisco.«

»Was denn! Es war doch ausgemacht, daß du bis zum Schluß hierbleibst. Warum hast du jetzt deine Meinung geändert?«

»Warum?! Weil mir solche Szenen wehtun. Jedenfalls gehe ich jetzt. Ich suche mir ein Hotel für morgen. Ich gehe morgen. Einverstanden?«

»Nein, das bin ich nicht!«

»Es tut mir leid für dich und Edoardo, aber daran ist nun nichts mehr zu ändern. Ich habe mich entschieden. *So long.*«

»Laß sie, das meint sie doch nicht im Ernst«, sagt Edith leise zu mir und sieht mich direkt liebevoll an, als wäre ihr jetzt alles vergangen. »Man muß sie verstehen und ihr verzeihen. Sie denkt eben immer noch an Vaclav.«

»Vaclav! Ich dachte, da wäre schon längst alles aus!«

Ich war völlig verblüfft. Ediths Wutanfälle vergingen zwar immer rasch, aber nie so rasch. Sie erklärte:

»Schau mal, ich weiß genau, daß sie Vaclav noch liebt. Aber ihr eigentlicher Kummer besteht darin, daß sie allein im Leben ist.«

»Ich meine«, erwiderte ich, »daß Anna alle Männer haben kann, die sie will.«

»Darum geht es nicht.«

»Ich verstehe. Deiner Ansicht nach hat sie gesagt, daß ihr unsere Szenen wehtun, weil sie nicht einmal diese hat.«

»Mach jetzt keinen Roman daraus. Sie beneidet uns, das ist es. Sie ist blöd.«

Anna kam um Mitternacht zurück und fand uns vor dem Fernseher. Sie lächelte. Und lächelnd fragte Edith, ob sie ein Hotel gefunden habe.

»Ich bin im Kino gewesen«, war die Antwort.

Ich fragte mich nachher, was der wirkliche Grund für Annas plötzlichen Auftritt gewesen sein mochte. Vielleicht hatte Edith mit ihrer Erklärung recht. Vielleicht war es aber zugleich auch Berechnung gewesen.

Als Edith wegen Shirley so in Wut geraten war, kam meine erleichterte Reaktion zu prompt, zu auffällig in Anbetracht der Heftigkeit ihrer Wut: schließlich hätte sie mich ja auch ins Auge treffen können! Und hätte sich Anna so unbeeindruckt gezeigt wie ich, und das auch noch gleichzeitig mit mir, dann fürchtete sie wohl, Edith damit einen Beweis für unseren Betrug in die Hand zu spielen, und so hatte sie sich kurzerhand entschlossen, ihr das Gegenteil zu beweisen, als wollte sie sagen: »Weißt du, aus Edoardo mache ich mir gar nichts, auf jeden Fall finde ich es nicht erheiternd, daß du über Shirley losziehst, ich hab' vor dir nichts zu verbergen.« Das war geschickt kalkuliert: also selbst für den Fall, daß Edith, ohne freilich im mindesten daran zu denken, daß wir miteinander im Bett gewesen sein könnten, sie verdächtigen würde, eine Schwäche für mich zu haben.

Die beiden Freundinnen hatten also wieder Frieden geschlossen. Anna würde bis zum Ende bei uns bleiben. Aber seit jenem Abend war es zwischen ihr und Edith nicht mehr so wie früher. Mir fiel auf, daß es lange Schweigemomente gab und daß sie nur noch selten scherzten. An einem Samstagmorgen schließlich, als es nur noch zwei Wochen waren bis zu Annas endgültigem Weggang nach Los Angeles, erwachte ich mit einem unwiderstehlichen Verlangen nach ihr. Schon lange hatten wir uns nicht mehr geliebt, auch nicht auf unbequemste Weise, ihre Abreise rückte immer näher, und ich wollte sie vorher noch einmal lieben. Wer weiß, wann wir wieder dazu kommen würden.

Samstagmorgen: festes, rituelles Programm. Zwischen elf und zwölf war Edith immer aus dem Haus: sie machte im Supermarkt den großen Wocheneinkauf wie so viele in Amerika. Und ich war von zehn bis eins in meinem Arbeitszimmer in der Universität und empfing jedesmal eine andere Gruppe von Studenten, die bei mir promovieren wollten: wir diskutierten über Themen, die wir dann auswählten. Anna aber schlief mindestens bis zu Ediths Rückkehr.

Nachdem ich an diesem Samstagvormittag um viertel vor elf die ersten beiden Studenten abgefertigt habe, sage ich zu den andern – es waren noch fünf oder sechs –, daß mir etwas Unvorhergesehenes dazwischengekommen sei, und bestelle sie für den kommenden Samstag. Mein Plan war ganz präzise, ich hatte ihn mir zurechtgelegt, als ich so frühzeitig aufgewacht und still im Bett liegengeblieben war, während Edith neben mir noch geschlafen hatte. Ein perfekter Plan, allerdings zu spät improvisiert, um Anna noch davon in Kenntnis setzen zu können. Aber es hätte auch nichts genützt, wenn mir diese Idee früher gekommen wäre: es war mir mittlerweile unmöglich, mit Anna zu sprechen.

Alles geht wie geplant. Vom Campus fahre ich nach Shattuck im Zentrum von Berkeley, wo die Taxi-Station ist. Ich parke den Pontiac und fahre mit einem Taxi nach Spruce: aber ich steige noch vor der Kurve aus und gehe zu Fuß weiter. Ich bin zu Hause.

Das Haus war ebenerdig, aber auf dem Hang gebaut. Der Eingang auf der Straßenseite. Auf der Rückseite unten eine große Garage, die zugleich auch Fundament war. Ein breiter asphaltierter Weg führte von der Garage durch dichtes Gebüsch um die eine Hausseite herum zur Straße und zum Eingang hinauf.

Ich sehe schon von weitem, daß der Mustang nicht vor dem Haus steht. Ich gehe den Weg zur Garage hinunter: da ist nur Annas Wagen. Edith muß um diese Zeit im Supermarkt sein. Ich begebe mich wieder nach oben, schleiche ins Haus und gehe zu Annas Zimmer.

Sie liegt noch im Bett, aber sie ist wach.

»Ich habe ganz leise gemacht, weil ich dachte, daß du noch schläfst.«

»Das Motorgeräusch des Mustang, der die Auffahrt heraufgekommen ist, hat mich geweckt. Da bin ich zum Fenster gelaufen und habe gesehen, wie er zum Supermarkt abgebogen ist. An der Art, wie du mich gestern angesehen hast, habe ich gemerkt, daß du kommen würdest.«

»Ich habe mich erst heute früh beim Aufwachen dazu entschlossen.«

»Und ich wußte es schon vor dir.«

Sie deckt sich auf. Ich beuge mich über sie, wir küssen uns...

Plötzlich bekomme ich Angst. Ich hatte es mir anders ausgedacht. Ich stehe auf:

»Nein, das ist vielleicht zu gefährlich, man kann nie wissen. Zieh dich schnell an und komm herunter, ich gehe vor, ich erwarte dich in der Garage.«

»Wunderbar, damit Edith kommt und uns entdeckt.«

»Nein, du weißt das nicht, weil du am Samstag immer schläfst. Wenn sie vom Einkaufen zurückkommt, fährt sie mit dem Wagen vors Haus, damit sie nicht die ganzen Sachen heraufschleppen muß. Ich geh' jetzt. Mach schnell.«

Im Abstellraum hinter der Garage lege ich mich der Länge nach aufs Klappbett und warte, warte, doch Anna kommt nicht.

Ich entschließe mich, ihr entgegenzugehen. Ich will wissen, was ist. Kaum habe ich den kleinen Raum verlassen, höre ich deutlich Annas Stimme, sie spricht ganz laut. Mit wem denn? Eine andere Stimme höre ich nicht. Vielleicht spricht sie am Telefon. Ich gehe hinauf, verstecke mich unwillkürlich zwischen den Büschen. Wie ich auf Straßenhöhe bin, sehe ich einen Wagen vorfahren, es ist der Mustang. In meinem Versteck bin ich ganz in der Nähe, sehe alles. Der Mustang hält vor dem Eingang. Doch es steigt ein Junge aus, ich kenne ihn, es ist der Neffe von Mr. Rowe, unserem Nachbarn. Fast im gleichen Augenblick tritt Anna im Morgenrock aus dem Haus. Der Junge holt eine nach der anderen die Tüten vom Supermarkt heraus, übergibt sie Anna und meint:

»Want me to put the car back in the garage?« Soll ich den Wagen wieder in die Garage fahren?

»No, leave it there. Thanks«, erwidert Anna: nein, laß ihn nur stehen. Danke.

Aber wo war denn jetzt Edith?

Natürlich kehre ich nicht in die Garage zurück. Immer noch hinter den Büschen gehe ich zur Straße und dann zu Fuß bis nach Shattuck, brauche eine Dreiviertelstunde dazu. Ich fahre mit meinem Wagen zur Universität, rufe von meinem Arbeitszimmer aus an. Anna kommt an den Apparat, spricht mit sicherer Stimme. Sie sagt, Edith sei mit schrecklichen Kopfschmerzen aufgewacht:

»Sie hat den Neffen von Mr. Rowe zum Einkaufen geschickt. Jetzt geht es ihr schon viel besser. Doktor Keefe ist da, ich habe ihn hergebeten. Er hat sie schon untersucht und meint, es sei nichts Besonderes. Sie hat Fieber, aber Doktor Keefe meint, es sei nichts Besonderes.«

»Ich komme gleich, vielleicht muß etwas aus der Apotheke besorgt werden ... sag Doktor Keefe, er möge unbedingt auf mich warten.«

Also war Edith um elf zu Hause. Sie konnte etwas gemerkt haben. Vielleicht hatte sie mich mit Anna reden hören, obwohl zwischen Annas und unserem Zimmer das Bad ist. Und vielleicht...

Nein. Als sie vom Bett aus mich ein paar Minuten später eintreten sah, war sie zu ruhig. Und wären ihre Augen nicht gewesen, hätte ich fast angenommen, daß es ihr gar nicht schlechtging: sie schienen sehr viel größer geworden und waren ganz glänzend, nicht mehr ihr gewohnter geheimnisvoll-melancholischer Blick, auch wenn sie lustig war, nicht mehr ihr liebevoller, mißtrauischer Blick. Warum das Fieber? Aber es war nicht hoch. Doktor Keefe beruhigte mich. Immerhin wäre es besser, sie würde im Bett bleiben. Es waren einige Untersuchungen erforderlich. Montag würde er die Sachen holen lassen. Er gab mir Rezepte, und ich fuhr zur Apotheke. Als ich zurückkam, erklärte mir Edith in aller Ruhe, daß ihr nicht danach gewesen sei, zum Einkaufen zu fahren. Sie habe Mr. Rowe angerufen und dem Jungen die schon vorbereitete Einkaufsliste und den Wagenschlüssel für den Mustang gegeben.

»Konntest du denn nicht Anna schicken?«

»Anna schläft doch am Samstagvormittag. Sie war gestern abend so müde. Um Mr. Rowe anzurufen, bin ich nach drüben gegangen, ich wollte sie nicht aufwecken. Dann habe ich drei Valium geschluckt, die haben mir gutgetan, ich bin gleich eingeschlafen. Anna hat mir gesagt, daß du kurz hier warst, um ein Buch zu holen, das du vergessen hattest. Stell dir vor, ich hab' dich überhaupt nicht gehört. Aber sie hat dich gehört, und dabei schläft sie doch viel fester als ich.«

Doktor Keefe war ein alter Arzt, den uns Jack empfohlen hatte. Anna hatte ihn nur deswegen geholt, weil ein anderer Arzt nicht da war, einer, den ich noch nie hatte nennen hören. Ein Gynäkologe, von dem sich Edith hatte untersuchen lassen, ohne mir etwas davon zu sagen. Aber Anna wußte es, und sie wußte auch, daß Edith überhaupt keinen Auftrag von der Bank erhalten hatte. Sie war fünf Tage in einer Klinik in San Francisco für eine Reihe von Untersuchungen bei eben diesem Gynäkologen gewesen.

Doch es war nicht Anna, die mir das sagte. Anna reiste überraschend vorzeitig ab, schon am Dienstag nach jenem Samstag, und nahm alle ihre Sachen mit. Ich half ihr, sie in den Wagen zu verstauen, dann verabschiedeten wir uns dort vor dem Haus. Edith lag noch mit Fieber im Bett. Es war das letzte Mal, daß ich Anna umarmte, und es war das erste Mal, daß ich gar nichts dabei empfand. Edith redete erst einen Tag nach Annas Abreise.

Die Untersuchungen in der Klinik hatten keinen Anlaß zur Sorge gegeben. Sie war schwanger seit über einem Monat. Aber sie hatte Anna nichts davon gesagt. Sie hatte ihr nur gesagt, man habe einen starken Erschöpfungszustand festgestellt und sie dürfe sich eben keinen körperlichen Belastungen aussetzen, sich nicht anstrengen, nicht trinken und nicht rauchen: das heißt also genau die Vorschriften, die sich auf ihre Schwangerschaft bezogen.

»Warum hast du Anna nichts gesagt?«

»Weil ich wollte, daß es wenigstens für den Anfang ein Geheimnis zwischen uns beiden bleibt. Ich habe ihr nichts gesagt, aber sie hat es begriffen. Deswegen ist sie auch früher abgereist, ich bin ganz sicher.«

Edith verließ das Bett nicht mehr. Es kam eine Schwester ins Haus, die ihr auch zu essen machte. Ich aber wollte in diesen Tagen nicht außerhalb essen, und so lernte ich kochen. Abgesehen von den unbedingt notwendigen Stunden für die Vorlesungen und Seminare war ich immer zu Hause.

»Und warum hast du mir diese Riesenlüge über deine Bank-Reise erzählt? Wenn du wüßtest, was ich mir dabei gedacht habe!« Und ich berichtete ihr, ein wenig in spaßigem Ton, von meinem Verdacht: ein Verehrer, den sie angeblich bei der Bank hatte, und Heléna, die es wußte, die sie vor meiner übertriebenen, eifersüchtigen Besorgtheit abschirmte.

Wie sie gelacht hat bei dem Gedanken an Heléna als Mitverschworene!

»Warum hast du mir eigentlich nicht gesagt, daß du in die Klinik wolltest?«

»Weil ich keine Lust hatte hinzugehen, und nachdem ich dir diese Geschichte erzählt hatte, kam es mir auch fast so vor, als wäre ich gar nicht in einer Klinik, ich rief dich an, und da schien es mir, als wäre ich wirklich auf einer Reise, wie ich dir erzählte. Ich hatte Landkarten, legte mir die Routen fest, und am Telefon las ich dir dann die Ortsnamen vor, manchmal falsch, sie waren ja so klein gedruckt!«

»Aber es so weit zu treiben, daß du die ganzen Geschenke für mich und Anna gekauft hast! Und die Prospekte zu finden war ja auch nicht ganz leicht! Und all die Geschichten, die du erzählt hast! Und Anna hat Bescheid gewußt! War dir denn die Klinik so fürchterlich zuwider?«

»Ich hab' mich vor der Klinik gefürchtet, ich dachte, ich hätte Krebs. Es war ganz leicht, was ich gemacht habe. Am Freitag früh bin ich aus der Klinik herausgekommen, dann bin ich in ein Reisebüro und in ein paar Geschäfte im Umkreis Union Square, Stockton, Powell und Post gegangen, kinderleicht, ich hab' mich amüsiert! Hauptsache, jetzt geht alles gut.«

Ich verließ das Zimmer, wollte mir etwas zu essen machen. Die Küche befand sich am Ende der Diele, gegenüber Annas Zimmer, dem Gästezimmer: vor drei Jahren, ein einziges Mal und nachher nie wieder, hatten Edith und ich uns gesagt, daß es das Kinderzimmer sein würde.

Ich kehrte zu ihr zurück, stand ihr bei, wachte bei ihr, blieb lesend in einer Ecke sitzen, während sie lange dahindämmerte.

Der Gynäkologe, der jetzt regelmäßig jeden zweiten Tag erschien, hatte gesagt, daß alles gutgehen würde, vorausgesetzt, sie würde sich so wenig wie möglich bewegen.

Die Augen starr auf mein geöffnetes Buch gerichtet, sagte ich mir, daß es auf der ganzen Welt kein ehrlicheres Wesen gab als Edith. Und dies nicht trotz ihrer Lügen, sondern gerade wegen ihrer Lügen. Sie war so prompt und geschickt im Lügen, eben weil sie ehrlich war. In der Tat ging es bei ihrem Lügen nur um die Worte. Sie glaubte nicht an Worte, nicht an Zeichen. Sie glaubte nur an die Realität der Gefühle, und Gefühle brauchten ihrer Meinung nach nicht mitgeteilt zu werden: ja, sie konnten nicht und durften daher auch nicht ausgedrückt werden, jedweder Ausdruck war zwangsläufig eine Lüge. Die echte Mitteilung, die Ehrlichkeit, konnte man Edith zufolge nur leben. Es war daher unnötig, daß ich mich fragte, ob sie von mir und Anna etwas wußte oder nicht. Hatte sie es erraten? Vermutete sie es? Wie auch immer, sie kannte mich mittlerweile und hatte in letzter Zeit gefühlt, daß etwas in mir gegen sie war. Und sie litt darunter. Gleichzeitig liebte ich sie jedoch über alles in der Welt: für sie war das eine Realität. Auch wenn sie von mir und Anna wußte, konnte sie doch so tun, als wüßte sie es nicht, konnte lügen.

Es wurde schlimmer. Es konnte jeden Augenblick ein Eingriff zur Schwangerschaftsunterbrechung notwendig werden. Wir brachten sie mit einem Krankenwagen in die Klinik.

Wenn auch schon acht Jahre vergangen sind, ist mir die Erinnerung an das, was nachher geschah, noch so gegenwärtig, daß ich nie den Mut haben werde, mich ihr zu stellen.

Ich verkaufte augenblicklich das Haus in Berkeley und lebe seitdem in Austin, Texas, wo ich an der Universität lehre. Nach Europa will ich nicht mehr zurück.

27. Juni 1977